休憩室《きゅうけいしつ》
つかれた〜
野菜おとどけでーす
パンや牛乳はこちらから配膳室へ
とどいた食材の重さをはかったり検品《けんぴん》するよ
準備室《じゅんびしつ》
エアシャワー
ほこりをとばすよ
検収室《けんしゅうしつ》
炊飯器《すいはんき》
切っても切ってもおわらないー
食缶はこちらから配膳室へ
下処理室《したしょりしつ》
ジャガイモの皮をむく機械
野菜は3回あらうのよ
あらった食材はパススルー冷蔵庫《れいぞうこ》を通して調理室へ
ひゃー大変!
スチームコンベクションオーブン

がんばれ給食委員長

中松まるは・作
石山さやか・絵

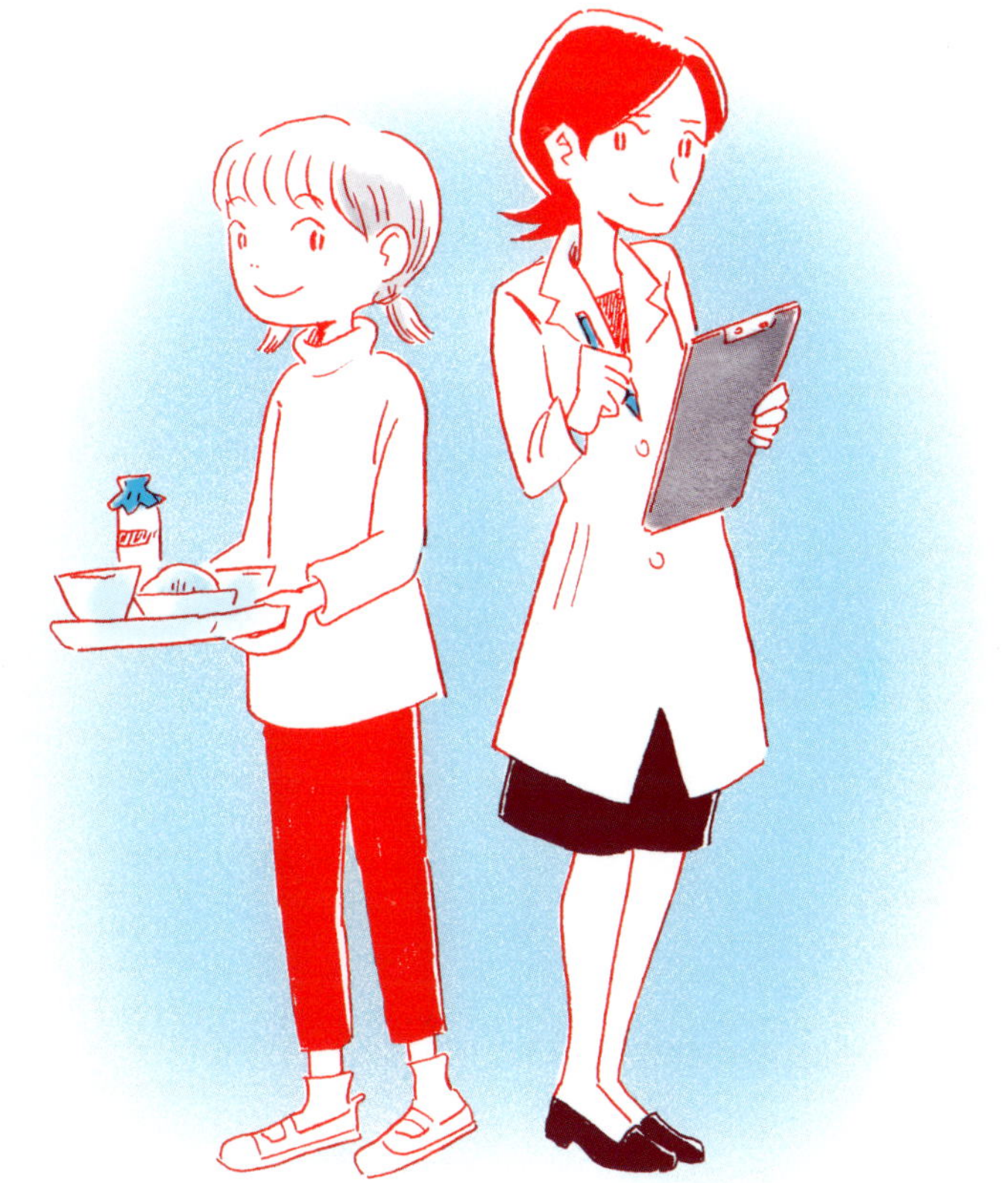

もくじ

1　わたしは給食委員長

みんながみんなの出かたをうかがって息をひそめる。とにかく自分に火の粉がふりかからないよう身をちぢめる。

そういう雰囲気《ふんいき》って、ほんと、きらい。

わたしは、今、その真っただ中にいた。

黒板の前には、藤代《ふじしろ》まさみ先生がいた。

先生は、首が細く、体もちいさくて、まるで子鹿《こじか》のよう。先生と呼《よ》ばれてはいるものの、教師《きょうし》ではなく栄養士をしている人だ。

「もう一度、ききます。だれか委員長に立候補《りっこうほ》しませんか?」

教室の中は、しーん。だれも手をあげようとしない。

わたしの小学校では、五年生以上は、かならずなにかの委員にならなければならなかった。図書委員、保健《ほけん》委員、放送委員、美化委員……。数ある中で、わたしが選んだのが、給食委員だった。

理由は、グルメだから。というのは、うそで、ただなんとなく。

給食委員は各クラスからふたりずつ選ばれていた。いずれも男女のペア。わたしの小学校は一学年二クラスだから、給食委員は五、六年生あわせて八名になる。

給食委員として空き教室でみんなが顔をあわせるのは、これがはじめてだった。

「それでは、わたしが委員長を指名していいですか？　けど、わたし、まだみんなのこと、なにも知らないし……」

先生は、給食委員会をたばねる担当《たんとう》ではあるものの、栄養士なので、ふだんは生徒とふれあう機会がなかった。だから、委員長を決めるだけでも、こんなに手こずるんだ。

「すいせんでもいいですよ。この人なら委員長におせるという人がいるなら、名前を言ってください」

わたしたちは、おたがいに顔を見あわせるだけだった。

みんな、給食委員がどういう仕事をさせられるかもわからない上に、委員長などという責任《せきにん》をおわされるのがいやなんだ。

わたしだって、そう。

「指名されるのもいやなら、くじびきにしますよ。それでいいですか」

やっぱり、だれもこたえない。

先生は、しびれをきらし、ほんとうにくじをつくった。ひとつにだけ印をつけ、八枚《まい》の紙全部を四つ折りにして、

「さあ、すきなのをひいてちょうだい」

と、前にすわっている人から順に、みんなのところをまわりだした。

(こんなのが当たったら、最悪だ)

先生は、わたしのところにもやってきた。

わたしは、心の中でいのった。

(当たりませんように。ぜったい、当たりませんように)

そうして、さしだされた手のひらの中から一枚《まい》をとりあげ、ひらいてみると、

「はい、当たり。じゃあ、委員長は、あなたに決定ね」

先生が、にこっとほほえみかけてきた。

（ああー。やってしまった）

先生は、わたしを立ちあがらせた。

「えーと、あなたは、五年生の……、名前、なんだったっけ？」

わたしは、うつむきながら、ぼそぼそと小声で言った。

「元木《もとき》ゆうなです」

「それじゃあ、元木さん、前にでて、今から委員会の議事進行をしてください」

わたしは、まだよく知らない委員たちの視線《しせん》をあびる中、緊張《きんちょう》しながら黒板の前に歩いていった。

わたしは、教壇《きょうだん》に立つのもはじめてだった。

わたしは、みんなとむきあうと、すぐに臆病風《おくびょうかぜ》にふかれ、先生に助けをもとめた。

「先生、なにをすればいいんですか？」

「まずは全員に、給食委員としての仕事を割《わ》りふることにしましょう」

「仕事？」

「委員長、今からわたしが言う仕事を黒板に書きだしてください」

「はい」

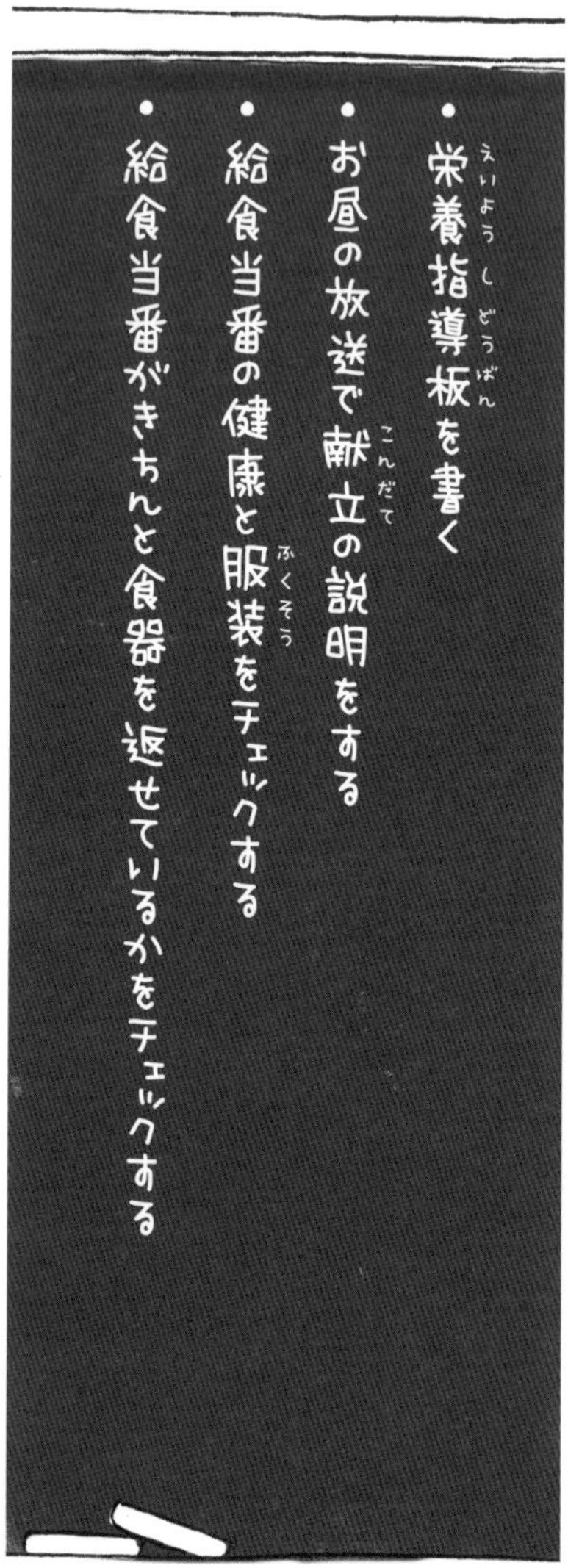

先生は、それぞれの仕事がどういうものか説明したあと、わたしに言った。

「委員長。では、だれがどの仕事を担当《たんとう》するか決めてください」

「それって、どうすればいいんですか？」

「クラスでは、こういうとき、どうします？　それを思いだして」

「はあ」

そう言われてもこまった。わたしは、学級会があっても、適当《てきとう》に手をあげているだけで、クラス委員長がどんなふうにクラスを仕切っているかなんて気にしたことないんだもの。

わたしは、おずおず言った。

「じゃあ、また、くじびき……」

と言いかけたら、すぐ前の子と目があった。なんだか、にらまれた気がした。

「えーと、それじゃあ不満がでそうですね。だったら、どうしましょう」

なんの反応《はんのう》も返ってこなかった。

「なにか意見をください」

それでも、しーん。

わたしは、立ちすくんだ。

すると、給食委員の中から声があがった。

「うわあ。たよりねえー」

声の主はすぐわかった。おなじ五年一組の生徒、上尾《あげお》まさるだ。

上尾は、授業《じゅぎょう》中も、人のあげ足ばかりとってよろこんでいる子だった。

たとえば、担任《たんにん》の山本《やまもと》先生が黒板になにか書きまちがえたら、「先生、それ、ちがいまーす」とか、逆上《さかあ》がりができない子がいたら、「ああー、落ちそう」とか。

わたしは、昔から、この子が大きらいだった。だから陰《かげ》では呼《よ》び捨《す》てにしているんだ。

わたしは、むっとして、だまりこんだ。見かねて、先生が助け舟《ぶね》をだしてくれた。

「では、やりたい仕事がある人は、手をあげて希望を言ってくれますか。早い者順で仕事を割《わ》りふっていくことにしましょう」

すると、あんなにも反応《はんのう》がうすかったみんなが急に手をあげだした。

「はい」

「はい」

(もう。だったら、最初から全部先生が仕切ってくれたらいいのにぃ)

わたしは、泣きたい気分だった。

2 なぞのすすり泣き

それから三日後のこと。

「これって、だれが見てるのかなあ？」

テンちゃんが、作業する手をとめ、首をかしげた。わたしは、ごはんのイラストを栄養指導板《えいようしどうばん》にはりつけながら言った。

「まあ、これも教育のひとつだから」

「でも、わたし、真剣《しんけん》にこの黒板を読んだことなんて、一度もない気がする」

「気にしない、気にしない」

「栄養指導板を書く」の仕事は、最後までだれも手をあげなかった。理由は、朝イチで学校にでてこなければならないからだ。

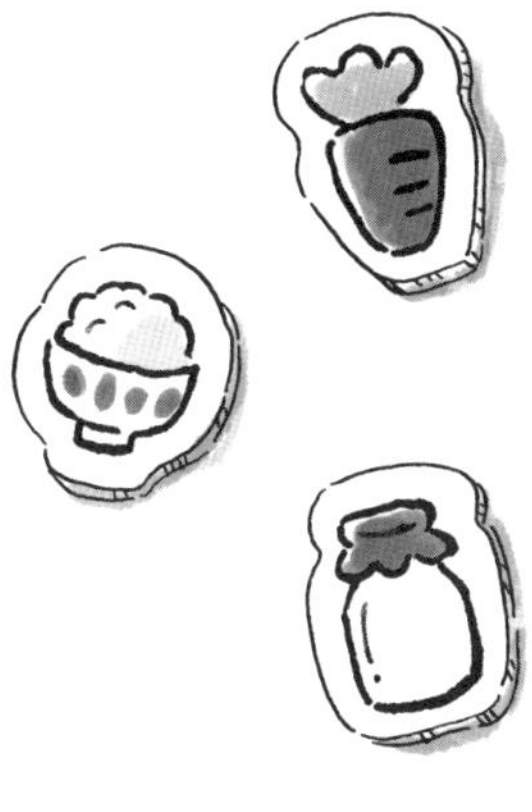

わたしは、ずっと議事進行をしていたので、最後までのこったババをつかまされたわけ。

テンちゃんは、おなじ五年生で、となりのクラスの子だった。本名は、天地《あまち》やよい。

テンちゃんも、ほんとうはお昼の放送がしたかったのに、先に手をあげられたため、泣く泣くこの仕事にまわされた口だ。だから、さっきから文句《もんく》ばかり言ってるんだ。

「なんか、これって、ほんと、地味な仕事ね。わたし、きょうから、『おひめさま』と呼《よ》ばれるのはやめて、『ジミーちゃん』と呼ばれるようにしようかしら」

「え？　テンちゃんって、クラスでは『おひめさま』と呼ばれてるの？」

「うーん、前世？」

わたしは、ぷっとふきだした。

わたしは、つづけて栄養指導板《えいようしどうばん》に牛乳《ぎゅうにゅう》をはりつけた。

栄養指導板は給食室の入口横にあった。

黒板には、まずきょうの献立《こんだて》を書きこむ欄《らん》がある。さらに円グラフが書かれてあり、グラフは三色に区分されていた。

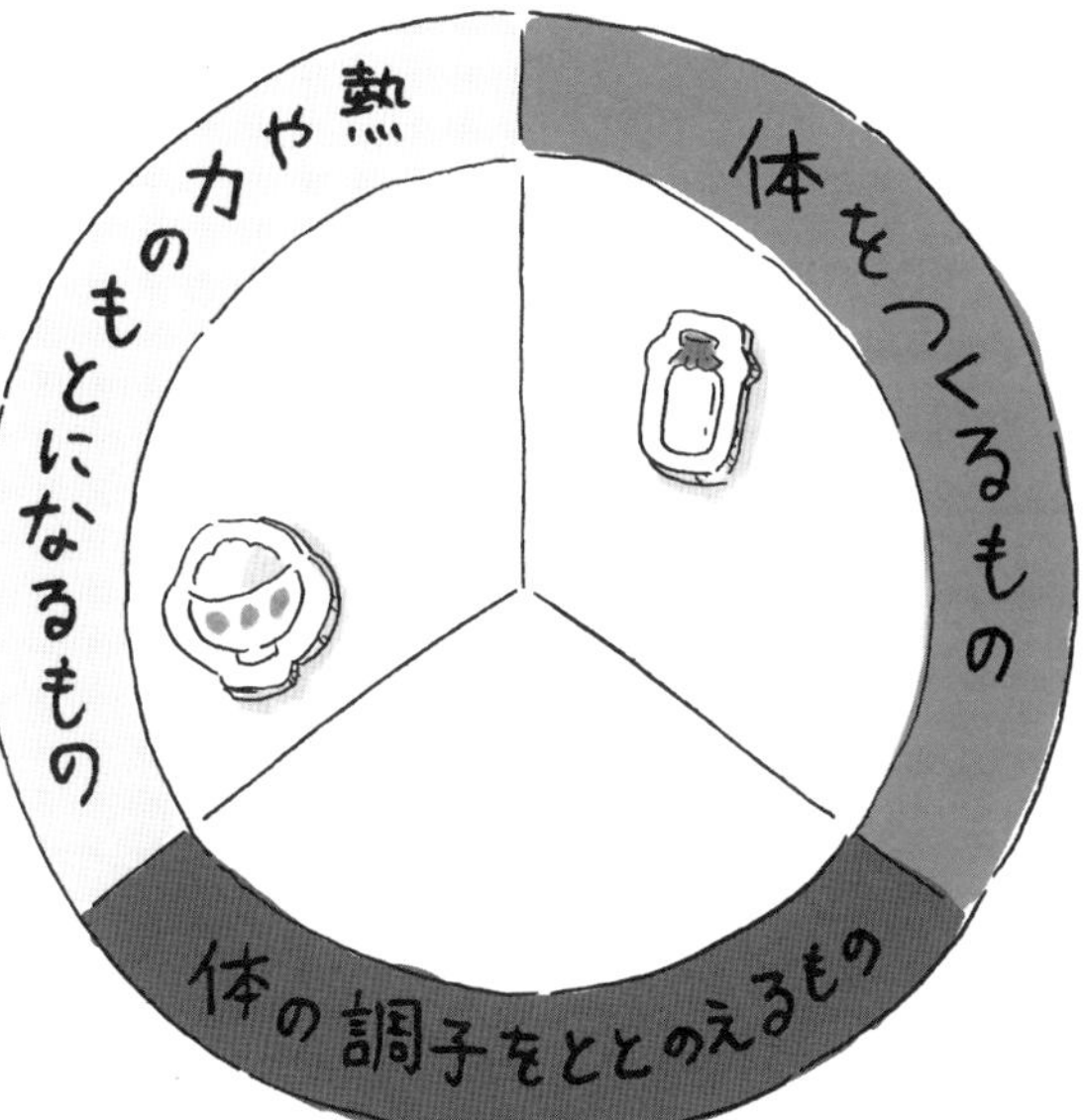

ちなみに、牛乳は赤。ごはんは黄ね。赤は、ほかでいえば、肉とか魚。緑は野菜とか果物。黄はパンとか麺《めん》。

食べ物には、それぞれ異《こと》なる役割《やくわり》があるので、バランスよくとることが必要。先生によると、給食もそれを意識《いしき》してつくられているそう。それをわかってもらうため、このグラフにきょうの給食で使われる食材のイラストをはりつけていくのがわたしたちの朝の仕事なわけ。

テンちゃんは、献立表《こんだてひょう》をふりながら

言った。

「そもそも、ここに全部書いてあるのにさあ、なんで黒板にも書かなきゃならないの？」

テンちゃんの言うとおり、生徒に配られる献立表《こんだてひょう》には、毎日の給食メニューとともに、それに使われる食材とその分類（さっきの赤、緑、黄のことね）が書きしるされてあった。わたしたちは、それを見ながら、黒板に食材のイラストをはりつけているだけなんだ。

わたしは言った。

「それは、献立表を読まない子がいるからじゃない？」

「献立表も読まない子は、黒板も読まないと思うけど」

「言えてる。はい、しゅーりょー」

わたしは、すべての食材のイラストを板にはりつけおわった。

テンちゃんは感心したように言った。

「ゆうちゃんは、まじめですねー」

「だって、わたしは給食委員長だもの。委員会ではグダグダなんだから、これくらいは、きちんとしなくちゃ」

「ええー。ゆうちゃん、委員会でもがんばってたよ」

「ほんとうに、そう思ってる?」

「ちょっと先生に目で助けをもとめることが多かったかな」

「あー、やっぱり気づいてた。ねえ、こんなのでわたし、委員長をやっていけるのかなあ?」

「自信ないの?」

「うん」

「だったら、おまじないをかけてあげる。目をつぶって」

テンちゃんは、わたしの鼻の頭を人さし指でトントンしてきた。

「が・ん・ば・れ」

わたしは、ほほがほてってった。

わたしたちは、道具をかたづけ立ち去ろうとした。すると、給食室のドアがガラリとあいた。

わたしは、一瞬《いっしゅん》ぎょっとした。が、すぐに声をかけた。

「あ、先生、おはようございます」

「あ、はい。おはよう。きょうもご苦労さま」

藤代《ふじしろ》先生は、早口でそう言うと、早足でむこうに歩いていった。

そのうしろすがたを見送りながら、テンちゃんが言った。

「バンビ先生、なんかいそがしそうね。こんな時間から、仕事してるんだ」

すると、また給食室のドアがあき、中から中年女性《じょせい》が顔をだした。

「おや、まあ、せわしない人だね。もう、いなくなってる」

わたしは、その人にもあいさつした。

「おはようございます」

「はい。おはよう」

おばさんは、頭に白いキャップをかぶり、白衣を着ていた。いわゆる給食のおばさんだ。

「まったく、もう」

おばさんは、そうはきすてると、ピシャリとドアをしめた。

テンちゃんがささやきかけてきた。

「先生がバンビなら、おばさんはカバね」

「しっ。聞こえたらどうするの」

「ふふ」

わたしとテンちゃんは、給食室をあとにし、ならんで歩きだした。

わたしはテンちゃんに言った。

「わたし、給食委員になるまで、給食のメニューは全部給食のおばさんが考えていると思ってた」

「わたしもぉ。バンビ先生がメニューをつくっているなんて、はじめて知った。ていうか、栄養士？　そんな人が学校にいることも知らなかった」

「ほんとは、ああやって、朝から栄養士と調理員が打ちあわせして給食をつくっ

てたのね」

「ねー」

わたしたちは、話をしながら、ろうかを歩いた。すると、テンちゃんが腕《うで》をひっぱってきた。

「ごめん。トイレ、つきあって」

「いいよ」

わたしたちは、そろって近くにあったトイレにはいった。

個室《こしつ》がならんでいる中、手前のドアだけがしまっていた。

なにげなく通りすぎようとしたら、テンちゃんが、ささやいてきた。

「おばけがいる」

「え？」

「声がおおきい。おばけが、そこにいる」

「どこ？」

「耳をすませてみて」

わたしは、言われるまま、耳をすませた。

すると、かすかに聞こえてくるのだ、ぶきみにすすり泣く声が。

わたしは、ぞっとした。

「ねえ、早くでようよ」

テンちゃんは、なおもささやいてきた。

「もしかしたら、トイレの花子さんかも」

「花子さん？　それって、おばけ？　幽霊《ゆうれい》？　こわいぃー」

「ちょっと、中からなにがでてくるか見てみようよ」

まだ生徒が登校してくる時間ではなかった。いるとしたら、学校がすきでたまらないような子だ。そんな子が朝から泣く？　人間ならありえなかった。

テンちゃんは、いやがるわたしの手をひき、となりの個室にはいった。そこから顔だけのぞかせ、息をひそめた。

わたしも、テンちゃんにならって顔をだした。

「ねえ、ほんとうに花子さんがでてきたら、どうするの？」

「話しかけてお友だちになる」

個室《こしつ》のドアは、まもなくひらいた。

だれがでてきたか見てみたら……、
バンビ先生！

わたしは、つい、かくれていたこともわすれて声をかけた。

「先生。なにかあったんですか？」

先生は、わたしたちに気づくと、さっと顔色を変えた。

「え？　なにもないわよ」

「でも、泣き声が聞こえた」

「気のせいじゃない？」

「はあ」

先生は、くるりと背《せ》をむけ、手をあらって、いってしまった。

うしろすがたを見送ったわたしは、テンちゃんに話しかけた。

「あやしい。バンビ先生、目が赤かった」

「それより、わたし、自分のトイレ」

テンちゃんは、個室《こしつ》にはいった。

わたしは、ドアごしにテンちゃんに話しかけた。

「ねえねえ、そういえば、バンビ先生、わたしたちが仕事してたとき、いきおいよく給食室からでてきたよね」

「それがなにか？」

「そのあとでてきた給食のおばさんも、ようすがおかしかった。もしかして、ふたり、けんかしたのかも。それで先生、泣いてたんだ」

「カバがバンビにかみついたってこと？　うわー、痛《いた》そう」

「いったい、なにがあったのかなあ？」

わたしは、首をひねるだけだった。

3　お昼の仕事

朝の一件《いっけん》は、授業《じゅぎょう》がはじまっても頭からはなれなかった。

（やっぱり、給食にまつわることなんだから、委員長として、なにかするべきなのかな？）

そのような気もするし、そうでないような気もした。

わたしは、自分が委員長にむいていないことがわかっていた。このままなら、たよりない委員長として、上尾《あげお》につっこまれつづけることになりかねなかった。そうならないためには、みんなから一目おかれるようななにかを先にやってみせるのがいいように思えた。

たとえば、先生のなみだの理由をさぐり、あざやかに解決《かいけつ》して、先生の口から

こんなことを言わせるんだ。

「委員長のおかげで、わたしは無事トラブルをのりこえることができました。みんな、委員長に拍手《はくしゅ》」

パチパチパチ。

なーんてね。

わたしは、自分がみんなにほめられているすがたを想像《そうぞう》し、ほほがほてった。

もちろん先生が心配なのが第一。でも、こういう妄想《もうそう》って気もちいいよね。

わたしは、とりあえず、休み時間に給食室にいってみることにした。

窓《まど》から給食室の中はのぞけた。今まで気にしたこともなかったものの、調理員は四人、すべておばさんだった。みんな、テキパキ動いていた。

バンビ先生のすがたも見られた。マスクで顔がかくれているので一瞬《いっしゅん》調理員と見まちがいかけたけど、あの首の細さは先生しかいなかった。

先生は、カバさんになにやら話しかけていた。カバさんは、うんうんうなずいていた。べつに仲《なか》が悪そうにも見えなかった。

休み時間のたび、見える作業もちがった。最初の休み時間は調理員が材料をあらっていた。最後の休み時間ではカバさんが三年生の身長ぐらいある杓子《しゃくし》で大なべをかきまわしていた。

でも、それだけ。先生が泣いていた理由なんて、さっぱりわからなかった。

わたしは、お昼になり、給食が配られる時間になっても、給食室にいった。

そこには、給食をとりにきている各クラスの当番とともに、給食委員の清水《しみず》さんもいた。

清水さんは、六年生で、銀ぶちめがねをかけていることから、ちょっとクールに見える女の子だ。

テンちゃんは、清水さんに「ミントさん」とあだ名をつけていた。

(あっ、今、目があった)

ミントさんは、つかつかとわたしのところに歩いてきた。

「委員長、おそい」

「はあ?」

「代理なら、もっと早くきて。さあ、こっちよ」

「なになに?」

わたしは、白衣を着てならんでいる給食当番たちの前にひっぱりだされた。

ミントさんは、各クラスの給食当番に言った。

「それでは、今から給食委員長に、みんなの健康チェックをしてもらいます。それでは、委員長、どうぞ」

「はあ?」

わたしは、なんのことやらわからず、だまりこんだ。

ミントさんは、しばらく待ってから、ささやきかけてきた。

「なんでやってくれないの?」

「なにを?」

「そのためにきたんじゃないの?」

「えーと、どういうこと?」

「信じられない」

ミントさんは、わたしをあきらめ、みずから口をひらいた。

「えー。それでは、給食をもっていってもらう前に確認《かくにん》をします。給食当番のみんなは、きちんと手あらいはしてきましたね」

みんなが声をあげた。

「はーい」

「それから、この中に、きょう、はいたり下痢《げり》をした人はいませんね？　いたら、手をあげてくださーい」

（ふーん。お昼の担当《たんとう》になった給食委員は、こんなことをするんだ）

わたしは、お昼の仕事は担当外。委員会のときに先生から口で説明を受けただけだった。

さいわい、手をあげる子はいなかった。いたら、給食当番をかわってもらう必要があった。もしその子がなんらかの病気だったら、給食を通じてみんなにうつされることもあるからだ。

ミントさんは、つづいて、給食当番の服装《ふくそう》チェックをはじめた。特にぼうしは、髪《かみ》の毛が給食にはいりこまないようにするためかぶるものだ。そこをよくわかっていない下級生は平気で髪をぼうしからはみださせていた。

ミントさんは、一年生のぼうしのかぶりかたをなおしてあげていた。

ミントさんは、ふたたびみんなの前に立ち言った。

「それでは、みんな、きちんと消毒液《しょうどくえき》を手にかけてから、給食をもらってください」

給食当番は、ポンプ容器《ようき》にはいった消毒液をシュッと手にかけては、「何年何組です」と窓口《まどぐち》に名乗り、食器や給食がはいった食缶《しょっかん》を受けとりはじめた。

（なによ。全部、ミントさんひとりでできるんじゃない）

わたしは、ミントさんに話しかけた。

「なんで、わたし、お手伝いさせられそうになったんですか？」

「あれ？　委員長、代理じゃなかったの？」

「だれの？」

「委員長のクラスの子」

上尾《あげお》だ。

「もしかして、上尾くん、当番をサボってるんですか?」

「それは、委員長のほうが、よく知ってるんじゃない?」

たしか、上尾はふつうに教室にいたはず。休みではなかった。

わたしはミントさんに言った。

「わかりました。わたし、教室にもどったら、上尾くんに注意しておきます」

「たのむわよ」

(うわあ。わたし、委員長なのに、ずっと上から目線で口をきかれてる)

納得《なっとく》いかないまま、教室にもどった。

ドアをあけたら、自然《しぜん》に上尾のすがたをさがしていた。

上尾は、もう給食を自分のつくえの上におき、となりの子となにやら話しこんでいた、とってもたのしそうに。

わたしは、つかつかと上尾に近づいていった。

「上尾くん、どうして当番サボったの!」

「え？」

「あなた、給食委員として、給食当番の健康と服装《ふくそう》をチェックする当番だったでしょ」

「ああ、あれ」上尾《あげお》は、平然と言った。「ちょっと、おなかが痛《いた》くて」

「あんた、おなか痛のくせに、今から給食食べる気、まんまんじゃない！」

「いいじゃんか、あれぐらい。べつに見張らなくても、当番はきちんと給食をもっていくって」

「とにかく上尾は、まじめに給食委員をやって！　これは委員長としての命令よ！」

「おっ、呼《よ》び捨《す》て。はいはい。えらい、えらい」

「なによ、それ」

「たよりないやつが、いばってんじゃねえよ。委員長なんて、たまたまなっただけのくせに」

「むかつく！」

一番気にしていることだった。

そこに、担任《たんにん》の山本《やまもと》たつき先生が割《わ》ってはいってきた。

「どうした、どうした」

わたしは、説明するのもいやになり、だまって、上尾《あげお》を指さした。

友だちのあっちゃんが、かわりに言ってくれた。

「先生、上尾くん、給食委員をサボっているみたいなんです。元木《もとき》さんは、それを注意しただけです」

「そうなのか、上尾くん?」

上尾は、ぶすっとした。

「もし、そうなら、あやまるべきじゃないかな」

上尾は、しばらく目をさまよわせたすえ、ぼそりと言った。

「ごめんなさい」

「これからは、給食委員、サボらないな?」

上尾は、こっくりうなずいた。

「これでゆるしてやってくれ、元木さん」

わたしは、しぶしぶうなずいた。

先生は、それでもどっていった。

わたしも席に帰ろうとした。すると、上尾の声が聞こえてきた。

「ブース」

4　先生の告白

上尾《あげお》のおかげで、せっかくの給食も、きょうはあまりおいしくなかった。
給食を食べていると、スピーカーから校内放送が流れた。しゃべっているのは、六年生の香坂《こうさか》くんだ。
自己紹介《じこしょうかい》でわかったけど、香坂くんの家はレストランで、たまに香坂くんも手伝いをしているらしい。テンちゃんは、そこから「シェフくん」とあだ名をつけていた。
「きょうのメニューは、筑前煮《ちくぜんに》、カボチャのみそしる、タマゴ焼きです。体をつくるものは、牛乳《ぎゅうにゅう》、鶏肉《とりにく》、タマゴです。体の調子をととのえるものは、ニンジン、レンコン、ゴボウ、タケノコ、カボチャ、タマネギです。熱や力のもとになるものは、ごはん、さとうです」

シェフくんは、栄養指導板《えいようしどうばん》の内容《ないよう》をそのましゃべっていた。

給食委員の発表がおわると、スピーカーからは放送委員が選んだ軽快《けいかい》な曲が流れだした。

わたしは、まだ上尾のことばをひきずっていた。

（どうせ、わたしは、たまたまなっただけの委員長よ。たよりないのも、だれより知ってる）

だからこそ、わたしは、給食の時間がおわると、また給食室に足をむけた。

（こうなったら、ぜったい、委員長として、みんなに拍手《はくしゅ》されるようなことをしてみせるわ）

もう意地だった。

給食室前は、食器と食缶《しょっかん》を返しにきている当番でごったがえしていた。その中には、給食委員の下村《しもむら》さんと宇津木《うつぎ》くんもいた。

下村さんは、おっとりとしたしゃべりかたをする六年生で、「ほんわかさん」

というあだ名がぴったりだった。

おなじく六年生の宇津木《うつぎ》くんは、まだキャラがわからないので、あだ名は考え中。

食器は、教室にもっていく前とおなじように、きちんとならべて返すのが決まりだ。でも、中には、サボってグチャグチャにいれてくるクラスがいた。ふたりの給食委員は、それをチェックして指導《しどう》しているんだ。

ほんわかさんが、わたしに気づいて、声をかけてきた。

「委員長、手伝いにきてくれたの？」

わたしは、ブルブル首を横にふった。

（そんなことしたら、またひどい目にあっちゃう）

わたしは、一瞬《いっしゅん》引き返そうかと思った。

そこに、バンビ先生が顔をだした。

「ご苦労さま」

先生は、それだけ言うと、当番の子たちがもってきてい

る食缶《しょっかん》のふたをつぎつぎあけはじめた。三年生、四年生、二年生……。

先生は、給食室の窓口《まどぐち》にも声をかけた。

「すみませーん。そちらのほうにも、食缶、もどってきてますよね。残菜《ざんさい》、どうなってますか?」

カバさんが顔をのぞかせた。

「きちんとはかって、あとで教えますよ。まあ、わたしの予言どおり」

「やっぱり、ひどいですか?」

「ひどい、ってもんじゃないね」

「でも、根菜(ニンジン、レンコン、ゴボウ、タケノコのことだ)を食べてもらうには、筑前煮《ちくぜんに》って、悪くないメニューですよね」

「悪くなくても、子どもは、家庭で食べないものは学校でも食べません。これは朝にも言いましたよね」

「はい」

「それを、わたしの腕《うで》のせいにされてもこまるんです。先生はそうしたいんだろうけど」

「わたし、そんなことは言ってません」

「言ってなくても、そう聞こえます。とにかく調理員は、腕《うで》をあげようがなにしようが、栄養士がメニューをしくじれば、どうしようもありませんから」

「そうですか」

先生は、顔をくもらせ、くるりと背《せ》をむけた。

わたしは直感した。

（これだ！）

でも、わたしに、なにができるというんだろう？

実を言うと、わたしは足がすくんでいた。本人たちは言いあらそっているつもりはないかもしれないけど、感情的《かんじょうてき》になっているのは見ていてわかった。ふだんは温厚《おんこう》なおとながそんなふうになると、子どもはいたたまれない気もちになるんだ。

わたしは、バンビ先生のうしろすがたを見送った。

でも、その背中《せなか》が見えなくなると、急に気が変わった。

わたしは、走って先生を追いかけた。

先生は、肩《かた》をいからせて歩いていた。

「先生――！　先生――！」

先生は、いぶかしげに、ふりむいてきた。

わたしは、先生に追いつき、その服をつかんだ。

「先生。先生。そのう、そのう……、けんか、やめてください」

「え？」

「けんか、よくないです」

ああ、わたしは給食委員長として、あざやかに問題を解決《かいけつ》するはずだったのに、こんなことしか言えないんだ。

「朝、先生が泣いていたのも、このせいなんでしょう？」

先生は、わたしの目を真っすぐ見つめてきた。

「心配してくれてたんだ」先生は、にこっとわらった。「ごめんね。でも、わたし、けんかしてたんじゃないのよ」

「給食のおばさんって、そんなに、意地悪なんですか?」

「そうじゃない。委員長は、かんちがいしてる。こまったわねえ。あっ、それじゃあ、こんなところでもなんだから、場所を変えない? 職員室《しょくいんしつ》、ううん、池のほとりで、話そうか」

ちいさな池は、校舎《こうしゃ》から運動場にでるまでのあいだにあった。そこには木が植えられ、人がふたりすわれるくらいのベンチがあった。池ではカモが一羽泳いでいた。

わたしたちは、ベンチに腰《こし》かけた。

先生は、最初は「カモ、かわいいね」とか「きょうはお天気いいわね」とか、関係ない話ばかりした。が、急に決心したかのようにしゃべりだした。

「まず確認《かくにん》しておくね。委員長は、わたしが朝泣いていたとうたがっているのよね。それから、それは給食のお

ばさんが意地悪なせいと思ってるのよね。ここまではいい？」

わたしはうなずいた。

「それなら、最初の疑問《ぎもん》は、そのとおりよ。わたしは、朝、めそめそ泣いていました。トイレであなたに『泣いていない』と言ったのは、うそ。それから、ふたつめの疑問。これは、まちがっています」

「どうまちがっているんですか？」

「たしかに、わたしは朝、おばさんと言いあらそいになりました。泣いたのも、そのあと。でもね、おばさんが悪いわけではないの」

「どういうことですか？」

「わたしが泣いたのは、このままじゃあ栄養士をやめさせられると思えてきたからなの」

「なんで？」

「今、学校の現場《げんば》は大変なことになっています。ここの先生はみんな、わけのわからないランクづけをされているのだから。S《エス》とかA《エー》とか、B《ビー》、C《シー》、D《ディー》。そういうランクづけで給料も決まってくるの。きっと市長とか教育委員会のえらい人が、そういうふうにランクづけすれば、競争が生まれ、先生たちはいい授業《じゅぎょう》をするようになると考えたんでしょうね」

「はあ」

「でも、考えてみてちょうだい。先生がどんな授業をしているかなんて、だれが見てる？　知っているのは、生徒ばかりよね。なのに、ランクづけされるなんて、おかしいでしょ。それに、そもそも教育って、給料の多いすくないで内容《ないよう》を変えられるものじゃないでしょ。競争なんて意味がないのよ」

「はあ」

「でも、わたしは、栄養士。特に新任《しんにん》一年目の去年は、職員室《しょくいんしつ》で、そういうぐちを聞かされても、他人ごとでしかありませんでした。でも、今年から、そうも言っていられなくなりました。そういう方針《ほうしん》は栄養士にもおりてきたんだから」

「どういうことですか？」

「栄養士にも成績《せいせき》をつける。要はそういうこと」

「どうやって？　味で決めるんですか？」

「残菜《ざんさい》。『残《ざん》』はのこりで、『菜《さい》』は野菜の『菜』。つまり、食べのこしのこと。栄養士は、これからは食べのこしの量で評価《ひょうか》されることになったの」

「それって、なんか変」

「それで、わたしは、朝、おばさんに話したんです。『残菜をへらすよう、おばさんも努力してもらえませんか』って。そうしたら、おばさん、おこりだしちゃって。

『調理員は自分の判断《はんだん》でレシピを変えたりできないのは、先生も知っていますよね。それでも努力しろってことは、まるでわたしの調理の腕《うで》をもっとあげろと言っているみたいじゃないか。そんなにわたしの腕は悪いのかい』って」

「……」

「そりゃあ、そうとられるよね。だから、わたしは、ひとりぼっちの気分になって泣いていたんです」

「でも、評価されるだけなら、『やめさせられる』とまでは考えなくていいんじゃありませんか？」

「給食は、市区町村によって、いろいろな形があります。給食センターに給食をつくらせて複数《ふくすう》の学校に配る形にしている市区町村では、教育委員会の栄養士が献立《こんだて》を決めています。学校の調理場で給食をつくる形にしている市区町村でも、ひとりの栄養士が複数の学校を受けもつこともあるみたい。ここみたいに、ひとりの栄養士が受けもっている学校は、めぐまれているのよ」

「だから？」

「だから、これで、残菜を多くだす栄養士としてD《ディー》評価でももらってみなさい。『そんな栄養士がいるくらいなら、A《エー》評価の栄養士に複数の学校を担当《たんとう》させろ』『いっそのこと、給食センターをつくろう』そういう話になるのに決まっています。というかもう、そういう方向で進んでいるという話を耳にし

ています。わたしなんて、いつお払《はら》い箱にされても文句《もんく》が言えないのよ」

「うちの学校、そんなに残菜《ざんさい》、多いんですか？」

「気づいてなかったの？」

「はい」

だって、わたしは、すききらいがはげしいもん。つくった人に悪いので、食べのこしはしないようにしてるけど、

（きょうは、きらいなものを無理やりのどに流しこんだ。おえー。できたら、のこしたかったよぉ）

なんて、しょっちゅう思ってるもん。

だから、食べのこした給食を食缶《しょっかん》にもどしている同級生を見てもなんにも感じなかった。むしろ共感《きょうかん》していた。

でも、それが先生を苦しめていたなんて。

先生は、はあとため息をついた。

「ごめんね、こんなおとなの話を聞かせて。でも、これが真相。給食に関係があ

ることなので話はしたけど、やっぱり、しないほうがよかったね」

「先生。だったら、なにか力になれることはありませんか?」

「それは、やめてください。食べのこしが多いのは、栄養士に力がないから。これはおとなの問題よ。おとなの世界に子どもがかかわってはいけません」

「でも……」

「『自分は子どもの手を借りなきゃなにもできないダメ栄養士』なんてことになったら、わたし、またトイレにこもって泣いちゃうぞ」

先生は、ふふとわらった。

じょうだんめかしているけど、先生がひとりで問題をかかえこもうとしているのはわかった。

「あ、ごめん。もうこんな時間。それじゃあ、わたし、いきますね」

先生は、急に立ちあがり、くるりと背《せ》をむけた。

5　臨時《りんじ》給食委員会

（学校の先生って、見えないところで、あんな苦労をしているんだ）

バンビ先生の告白は、それだけでもショックだった。その上、先生は、ひとりで問題を背負《せお》いこもうとしているなんて。

食べのこしをしているのは、生徒。それなら、わたしたち生徒をうらんでもよさそうなものなのに。

わたしは、もっとバンビ先生のことを知りたいと思った。

わたしは、担任《たんにん》の山本《やまもと》先生に、休み時間、さりげなくさぐりをいれた。

「先生、わたし、今、給食委員長をしているんですけど、藤代《ふじしろ》先生って、どういう先生なんですか？」

「どうして、そんなことをきくの？」

「知っておいたほうが、いろいろ話しやすいかと思って」

「そうさなあ」

山本先生は、遠くを見るような目をした。

「いつも職員室《しょくいんしつ》のすみで、ひとりでがんばっているって感じかな。ほらっ、おなじ職員室にいても、栄養士と教師《きょうし》では仕事がちがうだろ。藤代先生が、仕入れ業者と電話でやりあったり、伝票と格闘《かくとう》していても、ふつうの先生には手のだしようがないんだよ」

「『やりあう』って、なにを？」

「『きょう納入《のうにゅう》されたエノキダケは、しなびています。なんで、こんなのを平気でもってくるんですか』とか。ほかにもいろいろあるみたいだけど、ふつうの教師にはわからない世界なんだよなあ」

「じゃあ、藤代先生には相談相手がいないってこと？」

「まあ、ほかの先生と雑談《ざつだん》くらいはしているみたいだけど」

「ありがとうございました」

まちがいない。

バンビ先生は、ひとりぼっちだ。

（たすけなきゃ。先生をたすけなきゃ）

わたしは、いてもたってもいられなくなった。

つぎの日の朝には、栄養指導板《えいようしどうばん》の仕事をしながら、テンちゃんに事情《じじょう》を説明し、自分の思いをぶつけた。

「わたし、先生をたすけてあげたいと思うんだけど、テンちゃんはどう思う？」

テンちゃんは、首をかしげた。

「たすけるって、どうやって？」

「それは……」

「ゆうちゃん、気もちばかりで、なんにも考えてないんでしょう」

「……実は、そう」

「ふふ。ゆうちゃんらしい」

「でもさ、なにかしてあげられることはあると思うの。それがなにかはわからないけど」

テンちゃんは、軽く言った。

「だったら、給食委員会をひらけば？」

「え？」

「自分ひとりではどうしたらいいかわからなかったら、みんなの力を借りる。それが一番楽よ」

「そうか。その手があったか。でも、給食委員会は月に一回でしょ」

「だからあ、委員長の権限《けんげん》を使うの。給食委員会の委員長は、だーれだ？」

「わたしだあ！」

いったい、ふだんはおとなしいわたしに、どこからこんな力がわいてくるんだろう？

わたしは、教室をひとつひとつまわり、給食委員のみんなに臨時《りんじ》給食委員会をひらくことを告げた。中には、「ええー」と不満そうな人もいたけど、わたしは、気づいていないふりで、「よろしく」とだけ言って帰った。

臨時《りんじ》給食委員会は、放課後に、わたしの教室、五年一組でひらいた。

わたしは、黒板の前で、これまでのいきさつを全部給食委員に話した。

「ということで、もし、このまま残菜《ざんさい》が多い状態《じょうたい》がつづけば、先生は、学校をやめさせられるかもしれません。それって、あまりにかわいそう。ここは、給食委員会として、なにか協力するべきではないでしょうか」

わたしは、みんなを見わたした。が、反応《はんのう》はうすかった。

（あれ？　もっと、みんな、のってくるかと思ったのに）

「なにか意見はありませんか？」

そう話をふっても、教室の中はしんとしたまま。

「うーん」

やっと声をだした人がいたので、わたしは、勇んで指さした。が、よりによって、それは上尾《あげお》だった。

「うーん。先生って、そんなにかんたんにやめさせられるものかなあ」

「はあ？」

「栄養士だって、先生だろ？　かんたんにクビにはできないと思うけど。それとも、

栄養士は先生じゃないのかなあ?」

「えーと」

正直に言う。わたしは、そのへんのところは、ぜんぜんわからなかった。

「でも、やめさせられることはなくても、この学校からはずされることはあるかもしれないでしょ」

「それのなにが問題? ふつうの先生だって、しょっちゅういれかわるのに。栄養士がかわったところで、ぼくたちは変わらず給食を食べられるわけだし」

「先生をかわいそうだとは思わないの?」

「食べのこしが多いのは、給食がまずいせいだろ。それって、先生の責任《せきにん》じゃん」

「だからあ」

わたしは、こまって、目でたすけをもとめた。でも、となりに藤代《ふじしろ》先生はいなかった。

これは先生にはないしょでひらいている委員会だ。わたしは、先生のたすけなしに、すべてをのりきらねばならなかった。

わたしは言った。

「だったら、みんなは、藤代先生がこの学校からいなくなってもいいんですね」

また返事はなし。

（どうしよう？　どうやったら、みんな積極的になってくれるんだろう？）

「藤代先生は、栄養士がいない学校もあると言っていました。そういうところは、教育委員会づきの栄養士がメニューをつくっていると。そういうところにくらべると、わたしたちの学校はめぐまれているとも。では、考えてみてください。どうして、栄養士がいる学校はめぐまれていることになるのか。はい、遠野《とおの》くん」

だれも手をあげないなら、こちらから当てるまで。わたしは、さっきからよそ見ばかりしている五年生の遠野くんを指さした。

太っちょの遠野くんは、ぎょっとして、立ちあがった。

「あっ、はい」

「なにか思いつくことはありませんか？」

と、質問《しつもん》しているわたしも、これといった正解《せいかい》をもっているわけではなかった。

これは賭《か》けだった。

遠野《とうの》くんは言った。

「えっ、あの、はい、めぐまれていることになるのは、めぐまれていることになるのは、あの、その……、プリンがでる日は、こっそり、ぼくにだけもう一個分《いっこぶん》けてもらえたら、めぐまれている気分になるかなあ、なんて、あはは、あはは、あはは」

わたしは、むっとした。

（この子、今からあだ名は『プリンくん』にしてやる）

ほんわかさんから声があがった。

「そうか。先生がいたら、直接《ちょくせつ》たのみごとができるんだ。プリンもいいけど、この学校ならではの給食を直接たのんでつくってもらえるんじゃない？」

わたしは、自分でもわかっていなかった正解に、声をはずませた。

「そうです。それです」

「けど、ちょっと待って。それって、すでになにかある気がする。なんだろう？

あー、モヤモヤする」

こたえは、ミントさんが口にした。

「もしかして、バースデー給食が、それに当たるんじゃない？」

「それだあ！」

わたしたちの学校では、その月に誕生日《たんじょうび》がくる子は、校長先生と給食を食べる決まりになっていた。

月はじめがそれに当てられ、一日目は一年生、二日目は二年生というふうに、学年ごとに、だいたい六人ぐらいが校長室に呼《よ》ばれた。

そのときだされるのがバースデー給食。いつものメニューに手づくりケーキが特別についたものだ。

ケーキにはろうそくが立てられ、ハッピーバースデーをうたったあと、みんなでふき消すことになっている。

まあ、校長先生としては、給食を食べながら、「勉強はたのしい？」とか「いじめはない？」とか、生徒にさぐりをいれるのも、目的のひとつなんだろうけど。

この行事は、去年のとちゅうからはじまっていた。まちがいなく、バンビ先生がこの学校にきてからだ。

みんなは、口ぐちに言った。

「そうか。先生がいなくなると、ケーキもなくなるのか」

「うわー、それはこまる」

「ケーキ、食べたあい」

わたしは、ここぞとばかりにたたみこんだ。

「だったら、もうすこし真剣《しんけん》に考えてください。どうやったら、残菜《ざんさい》をなくせるかを」

みんなは、やっとその気になってくれたようだ。いっせいに表情《ひょうじょう》が生き生きとしだした。

ほんわかさんが手をあげた。

「わたしは、給食のメニューはすべて子どもがすきなものに変えればいいと思い

ま―す。さっき五年生の子は食べのこしが多いのはまずいせいだと言ってたけど、そうでもないと思いま―す。わたしには、どれもおいしいもん。これは、すききらいの問題だと思いま―す」

プリンくんが言った。

「要するに、きらいな食べものはだすなってこと。先生は、子どもがなにをきらいなのかわかってないんだよ。たとえば、ヒジキの煮物《にもの》とか、ヒジキの煮物とか、ヒジキの煮物とか」

上尾《あげお》のつっこみがはいった。

「それって、自分がきらいなだけじゃん」

みんなが、クスクスわらった。

ミントさんがぽつりと言った。

「わたしは、ピーマンとシイタケ」

ほんわかさんが言った。

「みんな、きらいなものをあげるより、すきなものをあげようよ。そのほうが前むきだと思いまーす」

プリンくんが声をあげた。

「だったら、ケーキバイキング。給食は毎日ケーキバイキングにしよう」

「おまえ、もっと太るぞ！」

みんながわらった。

わたしは、また心の中で頭をかかえた。

（意見がでるようになったらなったで、すぐに脱線《だっせん》）

ふと見ると、宇津木《うつぎ》くんはスマホをいじっていた。

わたしは、イラッとした。

「すみません。スマホ、しまってください。ていうか、学校にスマホをもってくるのは禁止《きんし》でしょ」

宇津木くんは、わたしにスマホの画面をかかげてみせた。

「これ」

「なに？」

「これ」

「だから、なに？」

「小学生のすきな給食メニューランキング」

「そんなの検索《けんさく》してたの！」

（決めた。この子のあだ名は、今から『検索くん』だ）

検索くんは言った。

「これ、先生に」

「見せろってこと？　そのランキングにはいっているメニューしか、先生にはつくらせないってこと？」

検索くんは、コクッとうなずいた。

すると、これまでだまって腕《うで》を組んでいたシェフくんが口をひらいた。

「だったら、おれが、給食のおばさんのかわりに調理場にはいろうか」

「なんで？」

「だって、給食のおばさんって、腕《うで》が悪いもん。そんなの、ちょっと食べてみればわかるよ」

「たとえば？」

「一番わかりやすいのが、いため物。たまに野菜から水分がでて、水っぽくなってる。いため物は、強火で短時間にいためて、パリっとしあげるのがコツ。そんな基本《きほん》もできないなんて、素人《しろうと》もいいところだね」

「でも、香坂《こうさか》くんも素人でしょ」

「プロの料理人の息子《むすこ》をなめんな」

「すっごい自信」

シェフくんは、鼻を高くさせた。

わたしは、ここまでの意見を黒板に書きだした。

給食のメニューはわたしたちで考える
給食のおばさんに料理のしかたを教える

（まとめてみれば、これだけのことよね）

わたしは、不満だった。

考えてみれば、食べのこしは、自分たちがやっていること。それなのに、これらの意見には、その自覚がぜんぜんないんだもの。

わたしは、みんなに言った。

「けっきょく、みんなは、残菜《ざんさい》は全部、先生と給食のおばさんのせいにしたいんですね」

「だって、そうだもん」

「ほかに、なにか意見はありませんか？　できたら、先生やおばさんとは関係なしに、わたしたち生徒だけでできること」

「生徒だけでできること？」

だれかから意見がでる前に、上尾《あげお》から矢がとんできた。

「おまえに意見はないのかよ。人にばかり考えさせる前に」

そう言われれば、そうだ。

わたしは、考えこんだ。でも、なにも思いつかなかった。

ただ、うんうんうなっていたら、ミントさんに言われた。

「もう意見がないなら、多数決をとったら？　わたし、ダラダラしているのは、きらい」

（しかたないか……）

わたしは、しぶしぶ多数決をとった。

シェフくんをのぞいた全員が「給食のメニューはわたしたちで考える」に手をあげた。

わたしは言った。

「だったら、まず、ほんとうにわたしたちの手でメニューをつくってみましょう。そして、それを先生にもっていくことにしましょう。これでいいですね？」

「はーい」

「では、どうやってメニューを考えますか？　やっぱり、給食ランキングを参考にしますか？　それとも、今ここで、すきなメニューをみんなで言いあいますか？」

上尾《あげお》がつっこんだ。

「レシピはどうするのさ。どんなにいいメニューができても、レシピがないと給食はつくれないぜ。先生は、レシピもつくっているんだろう？」

すると、すっと手があがった。

「それなら、メニューもレシピも、おれがつくる」

声をあげたのは、シェフくんだった。

「それができるのは、たぶん、おれだけ。おまえら、子どもだから、料理なんてつくったことないだろう？」

シェフくんは、おなじ六年生の検索《けんさく》くんに声をかけた。

「おまえも手伝え。メニューはおれが考えるから、レシピはおまえがネットで検索してくれ。ネットのレシピはグラム数がきちんと書いてあることが多いからたすかるんだ。おれは、それを参考に料理を試作してみる」

検索くんは、コクッとうなずいた。

6　食べのこしはどれぐらい？

シェフくんは、一週間後の委員会で、自分が考えたメニューを発表することになった。そのあいだ、わたしは、やることがなかった。

できることなら、シェフくんのメニューづくりにも首をつっこみたい。

わたしは、ずっとその思いにとらわれ、ジリジリしていた。

でも、それは、でしゃばりよね？　委員会で決まったことなんだから、まかせるところはまかせる。それが正しいすがたよね？

でも、かんたんには、割《わ》りきれなかった。

（なにか見落としがある気がする）

わたしは、そう自分に言いわけして、給食室の前をうろついてばかりいた。でも、なにもできることはなかった。

そんなある日のこと。給食を食べおわり、教室の前まで食器を返しにいったときだ。わたしの前にならんでいた子が、どんどん食缶《しょっかん》に給食をもどしているのが目にはいった。

食べのこしていたのは、海藻《かいそう》サラダ。きっと、トロリとした食感がいやだったんだろう。

食缶の中をのぞいてみると、そこには山ができていた。

（わあ。これじゃあ、またバンビ先生、泣いちゃうよ）

かなしかった。それと同時に、こうも思った。

（これって、どれぐらいあるんだろう？）

先生は「食べのこしが多い」とは言っていたけど、それがどれだけの量かまではふれてくれなかった。

新しいメニューを考えたとしても、そもそもどれだけ食べのこしがあるかつかんでいなければ、食べのこしがへったかもわからないんじゃないだろうか？

（そうだ。ぜったい、そうだ）

わたしは、すぐに調べるべきだと思った。すると、こんなことも思いだした。

あのとき、バンビ先生とカバさんは、こんなやりとりをしていた。

バンビ先生「食缶《しょっかん》、もどってきてますよね。残菜《ざんさい》、どうなってますか？」

カバさん「きちんとはかって、あとで教えますよ」

『はかって』『教える』

（もしかして、カバさん、仕事として、毎日残菜の量をはかっているんじゃあ）

いてもたってもいられなくなった。わたしは、すぐに給食室に走った。

そろそろ給食当番が食器を返しにくるころだった。わたしは、人でごったがえす前に、給食室の中を窓《まど》からのぞいた。

すると、むこうからも、だれかがこちらをのぞいてきた。わたしは、その顔と、はちあわせになった。

「わあ」

思わずとびのいたら、カバさんが窓をあけた。

「なんだい、失礼な。わたしは、ばけものかい」

わたしは、バンビ先生がカバさんと言いあらそっていた場面を思いだした。

(カバさんって、もしかして、ものすごく、いやな人なんじゃあ?)

一瞬《いっしゅん》、気おくれした。でも、この機会をのがすのも、もったいなかった。

わたしは、思いきって、きりだした。

「あの、おばさん。おばさんは、給食の残菜の量、はかっていますか?」

「なんだい、とつぜん」

「はかっているなら、教えてください。それ、給食委員会で使うんです」

「給食委員会? そういえば、そういうの、あったね。ということは、あんたは、給食委員? それで、毎朝、栄養指導板《えいようしどうばん》を書きにきてたんだ」

「はい。わたしは、給食委員長でもあります」

「へえ。はじめて知った。それはそれは、ご苦労さま。で、その数字はなにに使うんだい?」

「給食委員会は、給食の食べのこしをへらす活動をはじめたんです。そのためには、どれぐらい食べのこしがあるか知っておかないとと思って」

「『食べのこしをへらす』。それは、うれしいことを言ってくれるじゃないか。あんた、名前はなんていうんだい？」

「元木《もとき》ゆうなです」

「ゆうなか。だったら、これからは、『ゆうちゃん』でいいかい？」

「はい」

「わたしは、大橋《おおはし》さんだよ。それじゃあ、ゆうちゃん。わたしは、今から食器を引きあげなきゃならないからね。おわるまで待っててくれるかい。数字は、そのあと、教えてあげるから」

「はい」

「いい子だ」

カバさんは、奥《おく》にひっこんだ。

実にあっけなかった。わたしは、ほっとした。

（カバさん、けっこう、いい人じゃない）

まもなくそこに、当番としてほんわかさんと検索《けんさく》くんもやってきた。食器を返しにくる各クラスの給食当番のすがたも、ぽつぽつ見えるようになってきた。

わたしは、カバさんの手があくまで、ほんわかさんと検索くんのお手伝いをした。

すべての食器が引きあげられると、給食室からカバさんがでてきた。

カバさんは、手にメモ用紙をもっていた。

「それじゃあ、これ。きょうの分はまだだけど、きのうまでの一週間分」

わたしは、紙を受けとった。

が、すぐに首をひねることになった。紙には、こんなふうに書かれていた。

「『ざんさいそつ』って、なんですか？　それに、この変な記号、なんて読むんですか？」

たずねたら、カバさんに目を丸くされた。

「えっ！」

「えっ？」

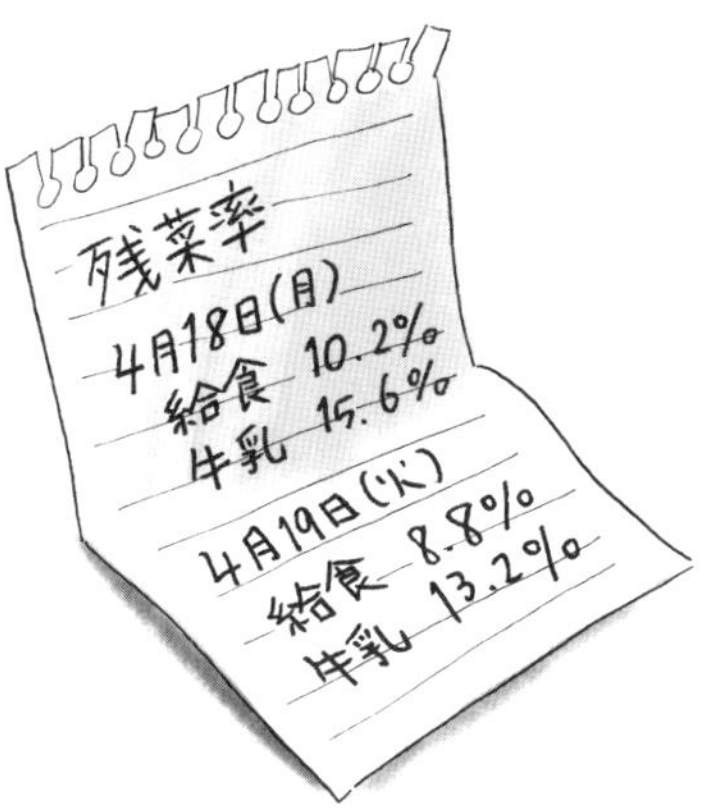

「うそだろ」

「なにが？」

「おやおや、そうだったのかい」

「だから、なにが？」

ほんわかさんが横から紙をのぞきこんできた。

「これは、『ざんさいそつ』じゃなく、『ざんさいりつ』。それに、この記号は、パーセントって読むの。五年生は、これから習うんだよね」

おばさんは、その声を聞いて、ほっとしたようだ。

「なんだ、そうだったのか。わたしゃ、てっきり、お勉強できない、かわいそうな子かと思った」

「ひどーい」

わたしは、ぷっとふくれた。

「ごめん、ごめん。それじゃあ、ゆうちゃんには、わたしが授業《じゅぎょう》をしてあげよう。パーセントというのは、百分率《ひゃくぶんりつ》のことでね……」

「百分率？」

「ああ、百分率はむずかしいか。じゃあ、割合《わりあい》。ああ、これも、わかってもらえないか。学校の先生って、どういうふうに教えてるんだろう？」

ほんわかさんが横から解説《かいせつ》してくれた。

「じゃあ、とりあえず、こういうふうにおぼえておいて。百人にひとりの割合が一パーセント。割合ということばがピンとこなかったら、百分の一が一パーセントって理解《りかい》したらいいわ。〇．〇一を一パーセントとおぼえてもいい。百人にふたりは二パーセント。じゃあ、百人に十人なら？」

わたしは、おそるおそるこたえた。

「十パーセント」

「はい、正解《せいかい》。それじゃあ、二百人に二十人なら？」

「二十……じゃなくて、百人にいくらの割合で考えるのがパーセントだからあ、えーと、これも、十パーセント?」

「のみこみ、早いじゃない」

「じゃあ、このメモに書かれている食べのこしも、割合《わりあい》で、だいたい十パーセント近くだから、えーと、えーと、あれ? これって多いのかな、すくないのかな?」

おばさんが、わかりやすく説明してくれた。

「この学校は一学年に二クラスだよね。六学年で十二クラスだ。たとえば、みそしるを食缶《しょっかん》でもっていってもらったとする。すると、全校に配られたのは、十二食缶。わかりやすくするため、全部の食缶におなじ量がはいっていたとするよ。それで、食べのこしが十パーセントだったら、何食缶が食べのこされたことになる?」

「十二×〇.一で、一.二。一缶《かん》以上! それって、めちゃくちゃ多い!」

イメージすると、よくわかった。そりゃあ、クラスごとなら、十パーセントなんて、たいした量には思えないだろう。でも、学校全体であわせると、食缶一個《こ》

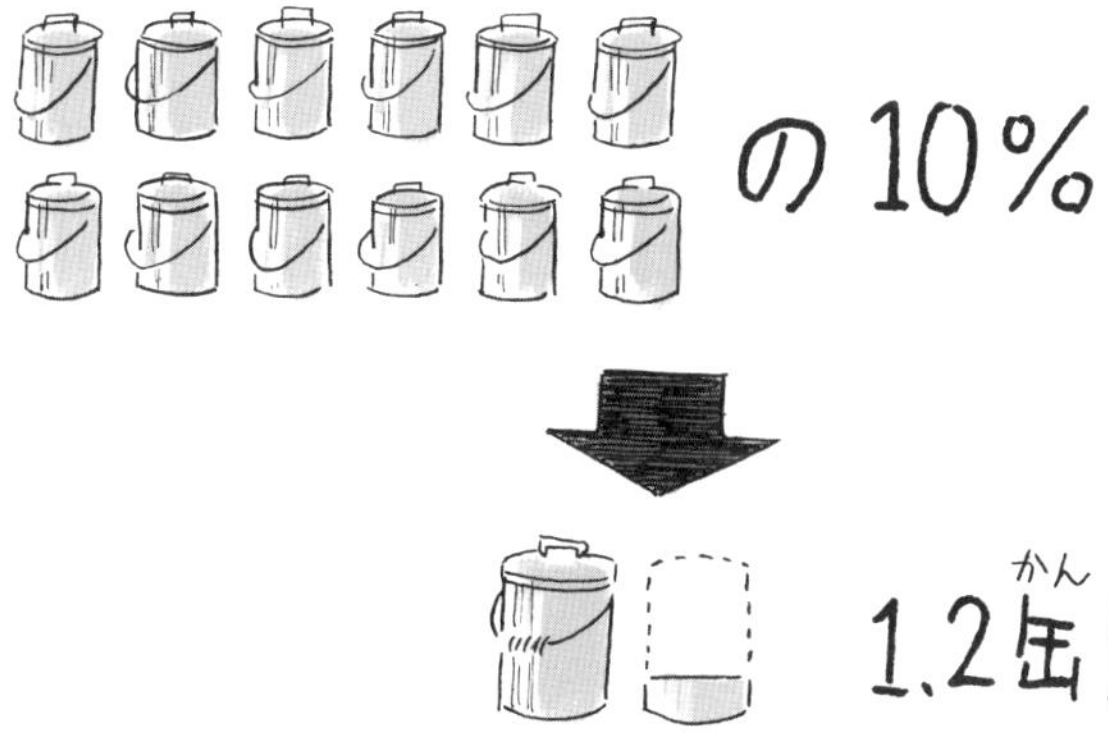

をはるかにこえる量がのこされていることになるんだ。

おばさんは言った。

「食べのこしは、最後はゴミとして処分《しょぶん》される。わたしや藤代《ふじしろ》先生は、それでいつも心を痛《いた》めているんだよ」

「そういうことだったんですね。だったら、今後もこの数字、わたしに教えてくれますか?」

「それはいいけど、なんで、ゆうちゃんは、わたしにきくんだい? 給食委員会には藤代先生がついているんだろ? 先生も数字はつかんでいるのに」

「だって……」

先生は、池のほとりで話したとき『おとなの世界に子どもがかかわってはいけません』と言ったんだもの。もし、こんなことをしていることがバレたら、とめられるかもしれないじゃない?

でも、それは、カバさんには言ってはいけない気がした。先生が泣いていたのは、カバさんにもすくなからず原因《げんいん》があるからだ。

わたしは、適当《てきとう》にごまかすことにした。

「だって、おばさんに直接《ちょくせつ》きくほうが早いもん」

「そりゃあそうだ。じゃあ、ゆうちゃんは、具体的にどうやって、食べのこしをへらすつもりなんだい？」

「みんなで、だれにものこされないような、とびっきりおいしい給食メニューをつくります」

「それは、藤代《ふじしろ》先生もまじえて？」

「いいえ。わたしたち子どもだけで」

「なんで？」

「だって、わたしたち、給食委員だもの。先生ぬきでもできるってこと見せなくちゃあ」

カバさんは、納得《なっとく》できないように首をかしげた。

「ふーん。そういうものかねえ」

7　給食をしばるもの

五年一組の黒板の前に、シェフくんが立った。

「それじゃあ、考えてきたメニュー、説明するぞ。よく聞けよ」

臨時《りんじ》給食委員会は、いよいよ、シェフくんの発表になった。それに先立ち、わたしたちは、メニューとレシピが書かれた紙をわたされていた。

「とりあえず、メニューは、五日分考えてきた」

すると、上尾《あげお》のつっこみがはいった。

「なんだ、たったの五日か」

「なんだと！」

シェフくんは、上尾をにらみつけた。上尾は、それにはぎょっとしたようで、

おとなしくなった。

シェフくんは言った。

「五日分なのは、月火水木金の一週間を目安にしたから。それで残菜《ざんさい》がへれば、おなじメニューを毎週使えばいいってことだろ」

（あれ？　毎週おなじメニューなんて、いいんだろうか？）

だれも、この疑問《ぎもん》はシェフくんにぶつけなかった。にらまれたら、こわいもん。

「食べのこしさせないためには、子どもがすきなメニューに、すきなものを重ねる。それが、おれの考え。まずは、ひとつめを見て」

わたしたちがもらった紙には、こんなふうに書かれてあった。

オムライスセット
（オムライス・エビフライ・フランクフルトソーセージ・フライドポテト）

レシピ（オムライス）

ごはん
……………160グラム
バター
……………10グラム
サラダ油
……………2グラム
タマゴ2個《こ》
……………100グラム
トマトケチャップ
……………50グラム
鶏肉《とりにく》
……………30グラム
タマネギ
……………30グラム

「給食ランキングを見ると、上位にくるのは、ハンバーグ、カレー、スパゲティ、オムライスと、あきらかに洋食が多いんだ。そこで、まずはオムライスセットをつくってみた。オムライスに、これまた洋食のエビフライとフランクフルト、フライドポテトをつけてみた。こうすると、なんか、こじゃれた洋食屋にありそうなメニューになるね」

（たしかに）

そういえば、家族でいったファミレスにも、似《に》たようなメニュー、あったような気がする。

急におなかがすいてきた。

「つぎは、ハンバーグカレーセット。上位をあらそうハンバーグとカレーを組みあわせてみた。それだけじゃあ、さみしいので、アイスクリームもつけてみた」

（なるほど、ハンバーグカレーか。これなら、食べのこしはでないわ）

バンビ先生のメニューなら、せっかくのカレーにも、サラダがつくんだもの。サラダを苦手にしている子どもって、すくなくないのよね。

プリンくんが、よだれをすすった。

「おおー。アイスクリームだあ」

「カレー専門店《せんもんてん》では、からいカレーにラッシーというヨーグルトの飲み物がつくことがあるんだけど、それならアイスクリームのほうが子どもにはウケるんじゃないかと思って」

（なるほどぉ）

「つぎは、パスタセット。ミートスパゲティにグラタンを組みあわせた。もちろん、どちらもランキング上位。これなら、パンがあうじゃないかと思って、メロンパンもつけてみた」

「おおー」

「あんまり洋食ばかりつづくのもどうかと思ったので、つぎは中華《ちゅうか》だよ。チャーハンとラーメンに、給食ランキング一位の鶏《とり》のからあげをつけてみた。一人前ずつだと多すぎるので、チャーハンとラーメンは、半人前にして。どう？　おいしそうだろう？」

このセットも、街の中華《ちゅうか》料理屋さんのメニューにありそうに思えた。

「最後は、焼きそばセット。この前食べた惣菜《そうざい》パンには、焼きそばとコロッケがはさまっていたから、それを参考に、焼きそばにコロッケをそえてみた。コロッケも、牛肉コロッケとカニクリームコロッケの二種類だよ。あまいものもほしいので、缶詰《かんづめ》のフルーツミックスもつけてみた」

(おいしそう)

ほんわかさんが、声をあげた。

「これなら、先生も採用《さいよう》してくれるんじゃないかしら。なにより、子どもがきらいなメニューがひとつもないのがいいと思いまーす」

「だろ?」

シェフくんは、鼻を高くさせた。

そんなところに、教室のドアをトントンとたたく音がした。わたしはドアをあけに走った。

するとそこには、バンビ先生が立っていた。

「あっ、やっぱり、みんないた。給食のおばさんが言っていたのは、ほんとうだったのね」

「給食のおばさん？」

「なんか、給食委員会が、残菜《ざんさい》をへらすためにがんばっているって。みんな、なにをしていたの？」

先生は、当たり前のように教室の中にはいってきた。わたしは、とめることもできなかった。

（しまった。まさか、カバさんを通じて、先生の耳にはいるなんて）

先生は、「ちょっと見せて」と言い、わたしからメニューとレシピが書かれた紙を受けとった。

ざっと目を通す先生に、わたしは言いわけした。

「べつに先生に不満があるわけではないんです。ただ、わたしたち、給食委員だから、自分たちで一度メニューをつくってみたくて。いいのができたら、先生に見てもらう予定だったんです」

「それでも、ないしょにすることはないんじゃない？」

「すみません」

「わたしって、そんなに信用がないのかしら」

（そうよね。やっぱり、そう思われるよね。ああ、先生、これで気を悪くしなければいいけど）

先生は、全部に目を通すと、意外にも笑顔をつくった。

「へえ。レシピまであるんだ。これ、みんなで考えたの？　え？　香坂《こうさか》くんひとりで？　よくがんばったわね。それじゃあ、すぐに検証《けんしょう》しましょうか」

シェフくんが首をひねった。

「けんしょう？　けんしょうって、なに？」

「これでいけるかどうか、たしかめるってこと」

「たしかめるって、どうするの？　今すぐつくって、みんなに食べてもらうんですか？」

「栄養士は、その前にやることがあります。ちょっと待ってて。すぐもどってくるから」

先生は、くるりと背《せ》をむけ、走って教室をでていった。

わたしたちは、ぽかんとするだけだった。

(『その前にやること』って、なに?)

だれにもわからなかった。

しばらく待つと、先生が帰ってきた、ノートパソコンをかかえて。

先生は、それを教壇《きょうだん》におき、レシピを片手《かたて》に、キーボードを打ちはじめた。

「さあ、結果がでたわよ」

先生は、それを黒板に書きうつした。

「このパソコンには、栄養管理ソフトがはいっています。ソフトは、レシピを入力すれば、料理がなんカロリーなのか、料理にふくまれる栄養素《えいようそ》がそれぞれどれだけの量なのかを、はじきだしてくれるようになっています。栄養士は、これをかならず確認《かくにん》しなければなりません」

わたしはたずねた。

オムライスセット
(オムライス・エビフライ・フランクフルトソーセージ・フライドポテト)
エネルギー…………920キロカロリー
たんぱく質《しつ》…………34グラム
脂質《ししつ》…………45グラム
炭水化物…………88グラム
食物繊維《せんい》…………3グラム
カルシウム…………90ミリグラム
ナトリウム…………3グラム(食塩相当量)
鉄…………3ミリグラム
マグネシウム…………64ミリグラム
亜鉛《あえん》…………4ミリグラム
ビタミンA《エー》…………247マイクログラム
ビタミンB《ビー》$_1$…………0.3ミリグラム
ビタミンB《ビー》$_2$…………0.6ミリグラム
ビタミンC《シー》…………22ミリグラム

「カロリーって、なんですか?」

「熱量のこと。料理にふくまれている栄養素《えいようそ》は、体にとりこまれると、エネルギー、つまり熱や力に変えられます。その量をカロリーという単位であらわすんです」

「栄養素って、なんですか?」

「ああ、五年生はこれから習うんだったわね。栄養素とは、わたしたちの体に必要な成分のことをいいます。これから五年生が習う家庭科の教科書には、五大栄養素として、つぎのものがでてきます。

たんぱく質《しつ》
脂質《ししつ》
炭水化物
ミネラル(無機質《むきしつ》)
ビタミン

それぞれ役割《やくわり》がちがうので、わたしたちは、バランスよく、これらをとることが必要です」

それまでだまっていた香坂《こうさか》くんが、おこったように言った。

「で？」

「はい？」

「で、なにを言いたいんですか？　これを見たら、おれのメニューには、いろいろな栄養素がふくまれています。これって、栄養がかたよっていないということでしょう？　なにか問題ありますか？」

「そこで、つぎに、知っておいてもらいたい数字があるの」

先生は、それを黒板に書きだしながら、説明してくれた。

「みんなの体に必要な栄養量は、科学的に調べられ、数字でだされています。学校は、それを基準《きじゅん》にして給食をつくらなければなりません。これは、学校給食法で定められていることです。いわば『しばり』といっていいでしょう。数字は、学年によってちがうのですが、みんなは高学年なので、高学年のものを黒板に書きますね」

エネルギー……………750キロカロリー
たんぱく質《しつ》……………28グラム
脂質《ししつ》……………………エネルギーの
25～35パーセント
炭水化物……………指定なし
食物繊《せん》維《い》……………6グラム
カルシウム……………400ミリグラム
ナトリウム……………2.5グラム未満（食塩相当量）
鉄……………………4ミリグラム
マグネシウム…………110ミリグラム
亜鉛《あえん》……………………3ミリグラム
ビタミンA《エー》……………200マイクログラム
ビタミンB《ビー》1……………0.5ミリグラム
ビタミンB《ビー》2……………0.5ミリグラム
ビタミンC《シー》……………25ミリグラム
※注1

「栄養士は、文部科学省が定めるこの数字を守らなければなりません。それでは、くらべてみてください。文科省の数字と、香坂《こうさか》くんがつくった料理の数字を」

みんな、口ぐちに気がついたことを言った。

「あっ、香坂くんの料理は、カロリーオーバー」

「カルシウムがぜんぜん足りていない」

「脂質《ししつ》って、数字がよくわからないんですけど」

先生が言った。

「脂質は、一グラム九キロカロリーで計算してください。これだと、九×四十五で、四百五キロカロリー。四百五÷九百二十で、四十四パーセントになりますね」

「それって、基準《きじゅん》オーバーだあ」

ミントさんがたずねた。

「どうして、炭水化物は、指定がないんですか？」

「おそらく、ほかの数字が基準以内におさまれば、炭水化物もそれなりの数字に

※注１　数字は学校給食実施基準（平成25年文部科学省告示第10号）から引用

おさまると考えられているからでしょう」

「けっきょく、たんぱく質《しつ》とかの栄養素《えいようそ》って、どういうものなんですか？」

「それは、もっと上の学校にいって、化学を習ってから、勉強してください。とりあえず小学生の今は、役割《やくわり》だけおぼえておいてください。そうねえ、それぞれの栄養素がたくさんふくまれている食べ物をあげたら、イメージしやすいかしら」

先生は、それぞれの栄養素の役割と、栄養素が多くふくまれる食品を黒板に書きだしてくれた。

表にまとめると、こんな感じ。

テンちゃんが首をひねった。

「お通じってなあに？」

上尾《あげお》が大声をだした。

「うんこだよ。うんこ、うんこ」

テンちゃんは、まっかになりながら言った。

栄養素《えいようそ》	役割	多くふくまれる食品
たんぱく質《しつ》	体をつくる 熱や力のもとになる	肉・魚・タマゴ・乳製品《にゅうせいひん》・豆類
脂質《ししつ》	熱や力のもとになる	食用油・バター・肉の脂身《あぶらみ》・マヨネーズ
炭水化物 （エネルギーになる炭水化物）	熱や力のもとになる	ごはん・パン・麺類《めんるい》・カボチャ・さとう
食物繊維《せんい》 （エネルギーにならない炭水化物）	お通じをよくする	海藻《かいそう》・カボチャ・ゴボウ・トウモロコシ
ミネラル		
カルシウム	骨《ほね》や歯をつくる	乳製品・小魚・小エビ・高野豆腐《こうやどうふ》・ヒジキ
鉄	血をつくる	レバー・赤身肉・シジミ・アサリ・小松菜
亜鉛《あえん》	味覚を正常にする	牡蠣《かき》・牛肉
マグネシウム	骨や歯をつくる補助《ほじょ》	大豆・アサリ・アーモンド
ビタミン		
ビタミンA《エー》	目の健康を保《たも》つ	レバー・ウナギ・野菜
ビタミンB《ビー》1	疲労回復《ひろうかいふく》	豚肉《ぶたにく》・レバー・豆類
ビタミンB《ビー》2	皮膚《ひふ》の健康を保つ	レバー・タマゴ・野菜
ビタミンC《シー》	かぜや肌荒《はだあ》れに効果《こうか》	レモンなどの果実・野菜

「なんか、これって、栄養指導《えいようしどう》板《ばん》の分類に似《に》ている。ていうか、おんなじ」

「そうではありません。栄養指導板は、ちいさな子にも食べ物の役割をわかってもらうためつくられたものです。そのため、分類もおおざっぱになっています。たとえばごはんは、指導板《しどうばん》では、熱や力のもとになるものとして黄色に分類されますよね。それは、ごはんには炭水化物が多くふくまれるからです。でも、ごはんには、たんぱく質やミネラルなどの、ほかの栄養素もふくまれています。上級生には、そこまで勉強を深めてほしいの」

「ふーん」

わたしは、ちょっぴり感動していた。

(たよりなく見えても、やっぱり、先生は先生だ)

先生は、文部科学省の数字も、栄養素《えいようそ》が多くふくまれる食品も、なにも見ずに書きだしているんだもん。

先生は言った。

「こうした知識《ちしき》を頭にいれておかないと、給食はつくれません。とはいえ、メニューを厳密《げんみつ》に基準《きじゅん》にあわせすぎると、かたくるしくなりますよね? そこで、栄養士は、毎日を平均《へいきん》すれば栄養基準内におさまるようなメニューをつくっていくんです。きょうカロリーが高ければ、あしたはすくなめにしようというふうに。香坂《こうさか》くんの先ほどのオムライスセットは、ざんねんながら、基準をはずれるところが多くありました。でも、べつの日のメニューでそれが補《おぎな》われていれば、話は変わってきます。では、ほかのメニューは、どうなっているでしょう？」

先生は、ほかのレシピも全部パソコンに打ちこみ、結果を黒板に書きだして、検証《けんしょう》してくれた。

「うーん。どれもカロリーオーバーになっていますね。これは、ハンバーグカレーみたいに、メインにメインを重ねるというメニューにしているからでしょう。どれも脂質《ししつ》が多いのも気になります。カルシウムが足りないのも共通《きょうつう》しています。どうして、香坂くんは、牛乳《ぎゅうにゅう》をメニューにくわえないんですか？　牛乳は、カルシウムをとるには、最優秀《さいゆうしゅう》と言っていい食品なのに」

「牛乳をのこす子、多いもん。おれも、きらいだし」

「カルシウムは、ふつうの食事ではなかなか量をとることがむずかしい栄養素です。なぜ牛乳が給食にいつもついているのか、これでわかったでしょう？」

「うーん」

シェフくんは、苦い顔をした。

「香坂くんのメニューに牛乳を足したら、もっと全体のカロリーがふくらんで大変なことになります。そうならないためには、ほかのメニューをべつなものにさしかえるしかありません。たとえば、オムライスセット。どうやら、脂質《ししつ》やカロリーをおしあげているのは、フランクフルトやフライドポテトのようです。ここらは野菜たっぷりの汁物《しるもの》と野菜や豆を使った副菜にさしかえるのがベストではないでしょうか」

「それじゃあ、いつもの給食になってしまうよ」

「それの、なにがいけないんですか？」

「おれ、委員会で食べのこしが議題になってから、ずっと教室で観察をつづけていました。それで気がつきました。もっとも食べのこしが多いのは野菜だって。だから、自分のメニューから、できるだけ野菜はとりのぞいておいたのに」

「けど、野菜を積極的にとらなければ、栄養基準《えいようきじゅん》は守れませんよ。給食が栄養基準でしばられているのは、みんなの体や成長を考えてのことなのは、ここまでの説明でわかってもらえましたよね？」

（ああ、これって、思った以上に深刻《しんこく》だ）

わたしは、やっと理解《りかい》した。

子どもがすきなものを優先《ゆうせん》させたら、シェフくんがやったように、カロリーがやたら高くて、脂質（要するに脂《あぶら》っこいもの）が多く、カルシウムが足りないメニューができあがるんだ。

それは、ぶくぶく太って、骨《ほね》が折れやすい子どもをつくってしまうってこと。

でも、基準を守って栄養がかたよらない給食をつくったら、今度は子どもがきらいな食材やメニューがまざってしまい、食べのこしされやすくなってしまうんだ。

子どもの好みを優先させたら栄養がかたより、栄養を優先させたら食べのこしされる。

バンビ先生は、だから、ひとりで泣かなきゃならないくらい苦しいんだ。

わたしは、つい声にだしてしまった。

「それじゃあ、食べのこしをへらすには、メニューやレシピ以外のところを改善《かいぜん》するほうがかんたんそう」

すぐに上尾《あげお》からつっこみがはいった。

「それって、どうするんだよ？」

「えーと……」

わたしは思いだした。前回の委員会では、メニューづくりとはべつな方法もあげられていたのを。

「香坂《こうさか》くん、言ってましたよね。給食のおばさんの調理の腕《うで》に問題があるって。そこをなおせば、食べのこしもへるのではないかしら」

バンビ先生がおどろいた。

「まあ！　みんなは、食べのこしを給食のおばさんのせいにしたいわけ！」

シェフくんがくちびるをとがらせた。

「だって、そうじゃないか。いため物のときは、いつも水分がでているし」

「それは大量調理だから、そうならざるをえないだけで……」

「それって、下手《へた》くそだからでしょう？」

「うーん」先生は、ちょっとだけ考えこむと、こんなことを提案《ていあん》した。「わかりました。そこまで言うのなら、みんなには、おばさんがどういうふうに毎日調理していくのか、見てもらうことにします。それで考えもあらたまると思うから」

「それって、給食室に見学にいくってこと？」

「いいえ。それは、させるわけにいきません」

「なんで？」

「その理由も、おばさんの仕事ぶりを見ればわかります。では、こうしましょう。あしたは、たまたまメニューがオムライスです。それが、どういうふうにつくられているか、わたしがビデオにとって、みんなに見せることにしましょう」

8　オムライスのつくりかた

わたしたち給食委員は、みんなでかたまって帰った。

それは、みんなで、さっきの委員会の感想を言いあわずにいられなかったからだ。

テンちゃんが言った。

「先生のためにはじめたことなのに、ぜんぜん役に立てないことが、はっきりしちゃったね。給食が、あそこまで数字にしばられているなんて知らなかったわ」

プリンくんが言った。

「先生、この前と感じがちがわなかった？　もっとやさしい先生だと思ってたのに、なんか手《て》加減《かげん》なしって感じだった。もしかして、おこってたのかなあ？『なんで、自分にないしょで、こんなひどいメニューをつくったのか』って」

わたしは、つぶやいた。

「そうでなければいいけど」

シェフくんが、地面をけとばしながら声をあげた。

「くそ。くそっ、くそっ、くそ」

ほんわかさんがなぐさめた。

「香坂《こうさか》くんは、なにも悪くないって」

「そうじゃない。おれは、料理なんて、おいしければそれでいいと、思ってたんだ。たぶん、世の中の大半の料理人も、それだけを目指していると思う。けど、それではいけないんだ。そんなことを給食に教えてもらうなんて、おれ、はずかしい」

シェフくんは、空中をにらみつけた。

「こうなったら、おれ、給食のおばさんの下手《へた》くそな調理、ぜったい指導《しどう》して改《かい》善《ぜん》してやる」

上尾《あげお》が、いらないことを口にした。

「やっぱり、メニューづくりなんて、給食委員がやる仕事ではなかったんだよ」

わたしは、カチンときた。

「なんで？」

「だって、あんなにボロクソに否定《ひてい》されたんだぜ」

「上尾は、もうしっぽをまいてにげだす気なんだ」

「うっせえ。呼《よ》び捨《す》てにすんな」

「うるさいとはなによ」

ミントさんが、おこった。

「五年生。いいかげんにしなさい」

わたしは、そっぽをむいた。

ミントさんは、わたしにかわり、みんなをひっぱってくれた。

「それじゃあさ、ここまでのことはおいておいて、とりあえず、あしたにそなえて、オムライスの予習をしておくってのは、どう？」

プリンくんが声をあげた。

「オムライス、食いてぇー！」

すると、検索《けんさく》くんが、スマホをかかげた。

「これ、オムライス」

みんなでむらがった。スマホの画面いっぱいに、フライパンがうつしだされていた。

まもなく、画面の中に手があらわれ、フライパンで、タマネギとピーマンとニンジンと鶏肉《とりにく》がいためられはじめた。

そこにケチャップ投入。全体にケチャップがいきわたってから、ごはんもいれられた。

それをまぜあわせたら、チキンライスのできあがり。それは、ボウルにうつされた。

フライパンには新たにバターがいれられ、それがとけたら、といたタマゴが流しこまれた。

タマゴがかたまったら、チキンライスがフライパンにもどされ、つつむ作業。

シェフくんが言った。

「ここで、うまくフライパンを返せるかどうかで、料理人の腕《うで》がわかるんだよな」

ほんわかさんがたずねた。

「香坂《こうさか》くんは、うまくできるの？」

「もちろん」

シェフくんは鼻を高くした。

動画にうつっている手は、けんめいにフライパンを動かしだした。でも、素人《しろうと》だからか、なかなかタマゴはまけなかった。

（うわあ。けっきょく、やぶいちゃった）

できあがったオムライスは、皿にうつされ、最後にケチャップで字が書かれた。

『タカくんへ』

そして、でっかいハートマーク。

（なんだ。オムライスより、彼氏《かれし》とラブラブなところを見せつけたかったのか）

シェフくんが声をあげた。

「下手《へた》くそが動画なんかあげてるんじゃねえよ」

わたしも口をだした。

「こういうやりかたじゃなく、タマゴだけで半熟《はんじゅく》のオムレツをつくり、それをチキンライスの上で切りひらくようにしたら、トロトロのオムライスができあがるんだよ」

「おっ、そんなの知ってるんだ」

「へっへーん」

もちろん、そんなオムライスは食べたことがない。

わたしがグルメぶれるのは、舌《した》がこえているからではなく、料理番組をたくさん見て目がこえているからだ。

ほんわかさんが首をかしげた。

「ねえ。うちの学校って生徒数が四百人をこえるでしょう。ということは、給食のおばさんは、フライパンを四百回以上ふっているってこと？　それって、むちゃくちゃ大変じゃない？」

（たしかに）

カバさんの腕《うで》があんなに太いのも、もしかして、そのせいなんだろうか？

9　ビデオにうつっていたもの

給食にオムライスがでる日は、教室全体がはしゃいだ気分になる。

わたしも、いつもならその気分にのっかるところだけど、きょうばかりはそうなれなかった。

審査員《しんさいん》みたいな気分でオムライスとむきあった。

まず、形。

家とかレストランでだされるオムライスは、先だけとがった楕円形《だえんけい》がふつうなのに、給食のオムライスは、円形に近かった。

(どうして、こんな形になるんだろう?)

めくってみると、タマゴは四角形ぽかった。フライパンでつくったら、円形にならないとおかしいのに。

タマゴは、とことん熱が通っているみたいで、かたかった。ふつうなら、半《はん》熟《じゅく》っぽいところがのこっていてもよさそうなのに。

味は悪くなかった。でも、なにかがちがう気がした。

（なんでだろう？）

オムライスには、野菜スープのほかに、副菜として、レンコンフリッターがついていた。フリッターとは、ふわっとした衣の揚《あ》げ物のことだ。

（ああ、このレンコンは、のこされそうな気がする）

だって、レンコンはレンコンだもん。栄養のバランスを考えてのことなのはわかるけど、お子さまに、あのコリッとした食感はちょっとねえ。

この給食がどうやってつくられたかは、二日後に見ることができた。

わたしたち給食委員は、六年一組に集められ、そこにあるテレビで、バンビ先生が撮影《さつえい》したビデオを見ることになった。

ビデオは、給食づくりのすべてではなく、ダイジェストになっていた。先生が、それを見ながら、解説《かいせつ》してくれた。

「調理員は、出勤《しゅっきん》すると、ボードにはってある健康確認表《かくにんひょう》に自分のきょうの体調を書きこむことから一日がはじまります。そこには、自分の体調だけでなく、家族の体調も書きこみます。もし、なんらかの病気にかかっていたら、それが給食を通じて、みんなにうつされる可能性《かのうせい》があるからです」

おばさんたちは、白衣に着がえると、今度は手あらいをはじめた。

「見てください。みんな、指先からひじまで、せっけんであらっています。指と指のあいだも、ていねいにあらっていますし、爪《つめ》の中もブラシでかきだしています」

なんか、手術《しゅじゅつ》前のお医者さんみたいだった。といっても、ドラマで見たことがあるだけだけど。

わたしたちは、ふつう、ここまでやらないよね。

ビデオは、ニンジンの皮をむいている場面になった。おばさんたちは、ものすごい量のニンジンをもくもくとむいていた。

「つぎは、食材をあらっている場面を見てもらいましょう。水がはってあるシンクは、家庭のものとちがい、三槽《そう》になっているのがわかるでしょうか？　いわば、家庭のシンクが三つならんでいるわけです。野菜は、そこで徹底的《てっていてき》にあらわれます。左であらわれたら真ん中へ、真ん中であらわれたら右へ、野菜は最低でも三回はあらわれます」

ニンジンは、そのあとで、みじんぎりにされた。

「食材は、とてもおおきななべでいためられます。このなべは、横のハンドルをまわせば自由にかたむけたり回転させたりできるので、回転なべと呼《よ》ばれています」

なべでは、鶏肉《とりにく》とタマネギ、ニンジン、マッシュルームがいためられた。そのあとにケチャップがいれられた。

「エプロンにも注目してください。さっき野菜をあらっていたときは緑色だったのに、今は赤色につけかえられていますね。これは、前の作業でついたよごれやバイ菌《きん》を、つぎの作業にもちこまないためです」

ここで、家庭料理ではありえない作業を見ることとなった。

「はい。今、なべに温度計がさしこまれました。はかられた温度と加熱時間は、このあと紙に記入されることとなります」

シェフくんが声をあげた。

「なんだよ、それ。温度をはからなきゃ火の通りもわからない料理人なんて、聞いたことがない。どこまで腕《うで》が悪いんだよ」

「そうではありません。これは、法律《ほうりつ》で定められたことをしているだけです」

「はあ?」

「給食が、学校給食法にしばられているのは、話しましたよね。前回は、栄養基《き》準《じゅん》でした。今回は、衛生管理《えいせいかんり》基準です。そこには、こう書かれています」

加熱処理《しょり》する食品については、中心部温度計を用いるなどにより、中心部が75℃で一分間以上（二枚貝《にまいがい》等ノロウイルス汚染《おせん》のおそれのある食品の場合は85℃で一分間以上）又《また》はこれと同等以上の温度まで加熱されていることを確認《かくにん》し、その温度と時間を記録すること
（※注2）

シェフくんがぼやいた。

「一分もダラダラしていたら、いため物なんか、水がでちゃうよ。あーっ！」

どうやらシェフくんも気づいたらしかった。

これは給食のおばさんの腕の問題ではないことを。なのに、わたしたちは、そう思いこんでいたことを。

ほんわかさんが手をあげた。

※注2　学校給食衛生管理基準（平成21年文部科学省告示第64号）から引用

「なんで七十五℃で一分間なんですか？」

「それは、食中毒をおこす菌《きん》が死ぬ温度と時間だからです」

「そういうことか」

「ここまでビデオを見てきて、みなさん、疑問《ぎもん》に感じませんでしたか？　なんで、おばさんたちは、あそこまでていねいに手をあらい、シンクは三つもあり、しつこいくらい野菜はあらわれるのかと。それは、衛生基準《えいせいきじゅん》を守っているからです。そして、衛生基準は、ぜったいたい食中毒をおこさせないという考えでつらぬかれているからです」

感心とためものかない声があがった。

「はあー」

「食中毒にこれだけ神経《しんけい》を使うようになったのは、かなしいできごとが過去《かこ》にあったからです。一九九六年、各地でO《オー》157を原因菌《げんいんきん》とする食中毒が発生しました。大阪府堺市《おおさかふさかいし》では学校給食が原因で九千人以上がO157の食中毒にかかる事件《じけん》までおきました。O157は下痢《げり》や血便をひきおこす菌です。想像してみてください。それだけの患者《かんじゃ》がいっせいに病院におしよせたら、どうなるでしょう」

わたしは、自分が患者になった気分で想像《そうぞう》した。おなかが痛《いた》くて苦しい中、やっと病院にたどりついたら、そこは、おなじような患者であふれかえっているんだ。

そのときの患者数は九千人。いったい、どれだけ待てば、お医者さんにみてもらえたんだろう？

下痢をしていたのなら、しょっちゅうトイレにもかけこんでいたはず。でも、みんながおなじ症状《しょうじょう》なら？　病院のトイレも満員になってたんじゃないの？

それじゃあ、待っているあいだ、どんなふうにがまんしなきゃならなかったんだろう？

「堺市では三人の子どもが亡《な》くなりました。しかも、二〇一五年には、食中毒の後遺症《こういしょう》で亡くなった方まで出ました。その方は、食中毒にかかったときは小学一年生で、二十五歳《さい》で亡《な》くなるまでずっと腎臓《じんぞう》が悪くて病院に通っていたそうです。

だから、その事件以降《じけんいこう》、きびしい衛生管理基準《えいせいかんりきじゅん》が設《もう》けられ、守らなければならなくなったのです」

教室は、しんとなった。

「これで、なぜ給食室は関係者以外立ち入り禁止《きんし》なのかもわかりましたね。とにかく食中毒菌《きん》をいれないためです」

シェフくんが、苦しそうな声で質問《しつもん》した。

「けど、それだけ食中毒に気をつけていると言いながら、野菜サラダはだしているじゃないか。生野菜はだしてもいいの？」

先生は、ピシャリと言った。

「いいえ。生野菜はだしていません」

「え？」

「生のように感じるのは、いったん加熱したあと、ひやしているからです」

「そんなめんどくさいことをしてたのか」

「ですから、給食に生魚の刺身《さしみ》がでることは、ぜったい、ありません。生タマゴも、ありません。生で例外があるとしたら、フルーツでしょうか。でも、これも、シンクで何回もあらっているし、皮をかならずむいて、だすようにしています」

ビデオは、給食室で使われている調理用機械をうつしだした。

「これは、スチームコンベクションオーブンといいます。ふつうのオーブンとちがい、熱風と蒸気《じょうき》をふきつけることで、焼き物も蒸《む》し物もできる機械です」

タマゴ焼きは、ここでつくられていた。いくつもの長方形の天板に、といたタマゴが流しいれられ、それが焼かれていた。

できあがったタマゴ焼きは、まな板の上で、半分に切られた。

(だから、オムライスをつつんでいるタマゴは四角形だったのか)

チキンライスのつくりかたも家庭とはちがった。先ほど回転なべでケチャップとともにいためられた食材は、ボウルにうつされ、手でごはんとまぜあわされていた。

先生が言った。

「おばさんは二重に手袋《てぶくろ》をはめていますが、これは、ものすごく熱い作業です」

まぜあわされたチキンライスは、丸められ、オーブンで焼いたタマゴでつつまれた。

つつむのも、もちろん手作業だ。

どうして給食のオムライスは、あんな形だったのか、やっと、なぞがとけた。

ほんわかさんがたずねた。

「なんでフライパンを使わないんですか?」

「このほうが早く、できあがりもいいからです。給食は時間との戦いです。決められた時間に、いっせいに大量の食事をだすには、一般《いっぱん》とはちがうやりかたをする場合もあるということです」

スマホでオムライスをつくっていた人は、タマゴでつつむことに四苦八苦し、ついにはやぶいてまでいた。そんなことをしていたら、四百人ものオムライスは時間内につくれないということか。

おばさんたちは、その上に、スープも揚《あ》げ物もつくっているんだ、あのすくない人数で。

（わたしたち、こんな大変なことをしている人たちに調理の腕《うで》が悪いと文句《もんく》をつけようとしてたわけ？）

わたしは、うしろめたさで心がいっぱいになった。

その日の帰り道は、みんな、めっきり口数がすくなかった。

わたしは、つぶやくように言った。

「あれじゃあ、トロトロオムライスなんて、ぜったい、つくれないね」

タマゴがトロトロなのは、食中毒菌《きん》がまだ生きているかもしれない加熱しかしてないということだからだ。

シェフくんは、だまって、つまらなさそうに地面をけっていた。

シェフくんもシェフくんで、思うところはあったんだろう。

給食の大量調理は、ふつうの調理とはちがう。それはオムライスのつくりかたで実感できた。やりかたがちがうものに、アドバイスを送ろうとしていたところに、まちがいがあったんだ。

みんな、それを思い知ってか、ぜんぜん元気がなかった。

上尾《あげお》ひとりが大声でしゃべった。

「これでわかったろう。元木《もとき》は、給食をなめてたんだ。だから、自分でなんとかできると思って、先生ぬきの給食委員会をひらいたんだ。けど、それは、やってはいけないことだったんだよ。ぼくたちに先生をたすけるのは無理だ。もう、こんなことはやめにして、給食委員は決められた仕事だけするようにしようよ」

「うるさい」

わたしは、それ以上言い返すこともできなかった。

10　シンプルに考えよう

(やっぱり、わたしたちに先生をたすけるのは無理なのかな?)

学校給食法のしばりがある以上、子どもにおもねるメニューをつくるのは無理。

おばさんの調理法に口をだすのも無理。

それなのに、先生をたすけよう、たすけられると思っていたのは、わたしがなんにもわかっていない子どもだったからだ。

(わたしは、やっぱり、給食委員長には、なってはいけない子だったんだ)

そう思うと、落ちこんだ。

なんの展望《てんぼう》も見いだせないまま、わたしは、つぎの日の朝も、栄養《えいよう》指《し》導板《どうばん》の仕事をするため、早めに学校についた。

テンちゃんも、いつもより口数がすくなかった。そうして、ふたりで、もくもくとイラストを黒板にはりつけていたら、近くから声がかかった。

「おはようございます。はい。これがきのうの残菜率《ざんさいりつ》」

まだ白衣に着がえていないカバさんが、メモを片手《かたて》に立っていた。

カバさんは、残菜率を教えてくれるようたのんで以来、すすんでメモをくれるようになっていた。

わたしは、受けとりもせず、目をそらした。その態度《たいど》に、カバさんが首をかしげた。

「あれ？」

「おばさん、すみません。もうその数字、必要ありません」

「どうして？」

「わたしたち、給食委員会で、ためしに給食メニューをつくってみたんです。でも、話にならないものしかできませんでした」

「やっぱりぃ。そりゃあ、先生ぬきでつくったら、そうなるよ。わたしの思ったとおり」

「だったら、最初にとめてくれたらよかったのに」

「そんなのできるわけないよ。ゆうちゃん、あんなにはりきってたんだもの。そもそも、あんたたちは、なんで先生ぬきでメニューをつくろうとしてたんだい？」

「それは、おばさんには話せません。おばさんにも関係あることだから」

「え？　わたしにも関係ある？　そんなの、はじめて聞いた。なんだい、気になるじゃないか」

「しまった。うっかり、しゃべっちゃった」

急にカバさんの表情《ひょうじょう》がけわしくなった。

「ゆうちゃん。かくしごとは、いけないよ。そんな態度《たいど》をとるなら、わたし、おこるよ」

「はあ」

わたしは、まよったすえ、しぶしぶ、ここまでのいきさつを話しはじめた。

すべては、先生がトイレで泣いていたのを見つけたところからはじまったこと。カバさんは、それが、自分と口げんかした直後だったことを知ると、

「まあ」

と声をあげた。が、それ以外は静かに聞いてくれた。

わたしは、すべてを話しきると言った。

「ということで、藤代《ふじしろ》先生に給食のことを正しく教えてもらったら、わたしたちのやっていることって、まったくのトンチンカンだったことがわかったんです」

「それで、先生はどう言ってるんだい？」

「はい？」

「ゆうちゃんがやったことを『めいわくだ』と言ったのかい？　それとも、『ありがたい』と言ったのかい？」

「それは、なにも」

「バカだなあ。それが大事なんだろ。なにを授業《じゅぎょう》だけでおわってるんだ。あの先生の悪いくせだ。いつも、かんじんななにかが足りない」

おばさんは、急にキョロキョロしだした。

ちょうどそこに、バンビ先生が、

「おはようございます」

と言いながら、歩いてきた。

カバさんは、給食室にはいろうとした先生の腕《うで》をつかんだ。

「藤代《ふじしろ》先生、ちょっと話があるんだけど。こっちにきてくれるかい」

「なんですか？」

「大事な話」

カバさんは、バンビ先生をわたしたちのところまでつれてきた。そして、おもむろに頭をさげた。

「先生、すみませんでした。この子たちから話を聞くまで、わたし、あなたを泣かしていたなんて、ぜんぜん気づいていませんでした」

先生があわてた。

「え？　どうしたんですか、急に？　頭をあげてください。え？　え？　え？」

給食室

先生は、わたしたちをにらんできた。

「あなたたち、なにを大橋《おおはし》さんに話したの！」

わたしは、変なことは話してないとばかりに、ブルブル首を横にふった。

カバさんは言った。

「先生、わたしをゆるしてくれますか？」

「ゆるすもなにも、大橋さんは、なにも悪いことはしていません」

「ほんとうにそう思っている？」

「もちろんです」

カバさんは、やっと顔をあげた。そして、照れくさそうに表情《ひょうじょう》をくずした。

「ああ、よかった」

先生も、ほっとして言った。

「もう。そんなことされたら、命がちぢみます」

「わたしも、先に死なれたらこまります」

ふたりは、声をそろえてわらった。

わたしは、なんだかドラマを見ている気分になった。おとなのこんなすがたって、そうそう見られるものじゃないもんね。

カバさんが言った。

「それで先生。わたしは、もうひとつ話があるんだけど、それも聞いてくれますか？」

「はい。なんでしょう」

「先生は、これをどうすればいいと思う？」

カバさんは、メモを先生に見せた。

「なんですか、これ？」

「残菜率《ざんさいりつ》。この子たちはね、先生をたすけたいがため、これをわたしに教えてもらいにきてたんだよ」

「まあ、そこまでしてくれてたの」

「ということは、先生は、知らなかったということだね」

「はい」

「じゃあ、この子たちが、先生から給食の授業《じゅぎょう》を受けたことで、もうこんなもの必要ないと思いこんでいるのも知らないんだね」

先生は、わたしたちに顔をむけた。

「なんで？　給食委員が残菜率《ざんさいりつ》を気にするのは、すばらしいことなのに」

わたしは先生にうったえた。

「でも、先生は、わたしたちが勝手にメニューをつくったこと、こころよく思っていないんでしょう？　だから、あそこまでボロクソにやっつけたんでしょう？」

「あなたたち、なんにもわかっていないようだったから……」

「それって、むかついたってことでしょう？」

「いいえ。ただ正しい知識《ちしき》をあたえたかっただけだけど」

「え？」

カバさんが声をだした。

「おやおや。あんたたち、見事にすれちがっているじゃないか。それじゃあ、わたしから単刀直入にきくよ。先生は、ゆうちゃんがメニューをつくったこと、どう思ってるんだい？」

「はあ。とにかく、もうしわけなくて。生徒に心配をかけるなんて、とことん、わたしって、ダメな栄養士だなって」

わたしは声をあげた。

「ええー。そんなことないよ。先生って、けっこうすごいよ。それは、この前の授業で思い知りました」

先生は目を丸くした。

カバさんがため息をついた。

「はあー。わたしたちって、けっきょく、おたがいのことがわかっているようで、ぜんぜん、わかってないんだね」

先生も、ぽつりと言った。

「そのようですね」

「それじゃあ、もう、シンプルに考えようじゃないか。わたしは、給食の食べのこしをへらしたい。先生は、どうだい？」

「わたしもへらしたいと思っています」

「ゆうちゃんは？」

「わたしも、へらしたいです」

「だったら、これからは、三人でシンプルに協力しあおうじゃないか。わたしたちは、食べのこしをへらすため、知恵《ちえ》をだしあう。そこに、変なわだかまりはなし。それでいいね」

それまでずっとだまっていたテンちゃんが、話に割《わ》りこんできた。

「ええー。三人でだなんて、わたしは仲間《なかま》はずれですかあ？」

「もちろん、あんたや、ほかの給食委員もふくめてだよ」

「ああ、よかった。これで、ぐっすりねむれる」

「て、まだ朝だろうが」

みんなでわらった。

11　牛乳《ぎゅうにゅう》にごはん

なんだか急に晴れ間が広がったようだった。

そうだよ。わたしたちは、シンプルに協力しあうべきだったんだ。

これまでは、みんながバラバラに動いていた。だから、いきづまると、ひとりですべての責任《せきにん》を背負《せお》いこみ、ひとりぼっちの気分になっていたんだ。

でも、それはまちがい。そんなことをしていたって、なんにもよくならないんだから。

バンビ先生は、つぎに給食委員会をひらいたときは、まずはみんなにあやまることからはじめてくれた。

「えー、この前の委員会は、すみませんでした。みんなの中には、わたしが香坂《こうさか》くんのメニューにケチをつけただけと思った人もいたようです。でも、わたしは、みんなに給食について正しい知識《ちしき》をもってほしかった。その思いで授業《じゅぎょう》をしただけです。そこで、あらためて、わたしから提案《ていあん》です。みんな、もう一度、どうやったら食べのこしをへらせるか、わたしといっしょに一から考えませんか？」

わたしは、先生のとなりにならんで立ち、みんなとむきあっていた。

みんな、とまどったような顔で、だまりこんでいた。

先生は言った。

「もちろん、これは、わたしの給料をよくするためではありません。そんなのは、どうでもいいことです。みんなは、給食委員です。委員長のおかげで、食べのこし問題に首をつっこむことになったのですから、もっと世界を広げませんか？

わたしは、そう思って、提案しています」

やはり、みんな、しんとしたまま。

でも、わたしは学習していた。こんなとき、上尾《あげお》のような人間を当てて、ひっかきまわされてはいけない。委員長は、その権限《けんげん》で、自分にとって、もっともたすかる人物を当てるべきなんだ。その人物とは……。

わたしは、ほんわかさんを指名した。

「下村《しもむら》さん、なにか意見、ありますか?」

ほんわかさんは、こう言ってくれた。

「わたしは、それ、いいと思いまーす。みんなで食べのこしをへらすアイデアをだしあったの、けっこう、たのしかったもの」

ね。期待どおりでしょ。

シェフくんが、くちびるをとがらせた。

「けど、おれが新しいレシピをつくってきても、先生、またダメだしするんでしょう?」

「ええ。それが、ひとりよがりなものなら。でも、きちんと栄養基準《きじゅん》を満たしたものなら、わたしもよろこんで採用《さいよう》しますよ」

「うおー」

「ふふ。でも、かんたんにはいかないわよ。それは、かくごしておいてね」

「のぞむところさ」

先生は、みんなにうったえかけた。

「じゃあ、みんな、給食委員会は、当面、食べのこしをへらす活動をするということで、いいでしょうか？」

「はーい」

先生は、にこっとした。

「それでは、紹介《しょうかい》したい人がいます」

「だれ？」

わたしは、走っていき、ドアをあけた。

中にはいってきたのは、もちろん、あの人だ。

「どうも、おじゃまするよ」

プリンくんが声をあげた。

「うわー、カバさんだ」

「だれだ、今、『カバ』と言ったのは！」

わたしもびっくりした。わたしとテンちゃんのほかにも『カバさん』と呼《よ》んでた人がいたなんて。

おばさんは、一瞬《いっしゅん》だけプリンくんをにらむと、すぐに、にたっとした。

「ま、『ゴリラ』より、ましだけどね。ただ、そういうのは、本人の耳にはいらないようにするのがエチケットってもんだ。いいね」

「はーい」

「ということで、給食の調理主任《しゅにん》・大橋《おおはし》です。きょうから、給食委員会に顔をださせていただくことになりました」

おばさんは、バンビ先生の横までいすをひっぱってくると、どかりとすわった。

先生が言った。

「これからは調理に関してわからないことがあったら、大橋さんにきいてくださ い。きっと力になってくれますから」

カバさんは、まかせろとばかりに、ドンと胸《むね》をたたいた。

先生は言った。

「それでは、まず、わたしがふだんから考えていることを言わせてもらいますね。はっきり言います。食べのこしをへらすための特効薬《とっこうやく》はありません」

みんなが声をあげた。

「えぇー」

「ただし、ちいさなところから見直していくという方法なら、ありとは思っています。たとえちいさな改善《かいぜん》でも、つみかさねていけば、食べのこしの量もへっていく。わたしは、そう信じています。ですから、みんなには、給食について気づいたことがあるなら、なんでも言ってほしいの」

さっそく手があがった。手をあげたのは、上尾《あげお》だった。

「先生、なんで、うちの学校の牛乳《ぎゅうにゅう》はビンなんですか？　スーパーで売られているのは、ほとんど紙パックなのに」

わたしは、むっとした。

「それって、食べのこしとなんの関係もないじゃない」

「先生は、『給食について気づいたことがあるなら、なんでも言って』と言った

ばかりだぞ」

（なんだ、得意のあげ足とりか）

先生は、動じずに言った。

「それは、学校に一番近い仕入れ業者がビン牛乳《ぎゅうにゅう》を製造《せいぞう》しているところだからです」

「でも、ビンは割《わ》れるし、重いです。いいところなんて、ひとつもありません」

「そうでもないわよ。みんなが飲みおわった牛乳ビンは、回収《かいしゅう》され、中をあらわれたあと、また新しい牛乳がつめられるんだから。ビンは、何度も使いまわしされるということですね。紙パックとちがいゴミがでないわけだから、環境《かんきょう》にやさしいことになります」

「でも、はこぶのは、紙パックのほうが楽」

「わかりました。それも一度検討《けんとう》してみましょう。ただ、値段《ねだん》の問題もあるので、今のところ、いい返事は期待しないでくださいね」

「給食って、値段も気にしなくちゃならないものなの？」

「みなさんがはらっている給食費は、給食の材料代です。一日当たりの金額《きんがく》になおすと、二百四十円ぐらいです。もし材料代があがれば、みなさんがはらう給食費もあがります。そんなことになったら、不満をいだく親御《おやご》さんもでるでしょう?」

(ああ、どんどん話がわき道にそれていくぅ。だから、上尾《あげお》を当てては、ダメなのよ)

わたしは、イライラしてきた。

そもそも、なんで、いきなりビンの話になるのよ。なんで、牛乳なのよ。

牛乳。

牛乳……。牛乳?

あっ!

わたしは、思わず声をあげた。

「先生。そういえば、わたしがおばさんからもらっていた残菜率《ざんさいりつ》の紙には、牛乳の飲みのこしの率も書いてありました。はっきり言って、牛乳のほうが深刻《しんこく》な数字でした。だったら、そちらを先に考えたほうがいいんじゃありませんか？　牛《ぎゅう》乳《にゅう》なら、メニューも調理のしかたも関係ありませんし」

先生から返事をもらう前に、上尾《あげお》から横やりがはいった。

「いや。メニューは関係あるぞ」

「また、あんた！」

「牛乳がのこされる理由はかんたんさ。それは、あわないメニューのときもでるからさ。特に和食。ごはんに牛乳なんて、地獄《じごく》のとりあわせじゃん」

「そんなに単純《たんじゅん》な理由なら、逆《ぎゃく》に解決《かいけつ》もしやすいんじゃない？」

わたしは、先生に顔をむけた。

「ねえ、先生。そうではありませんか？」

先生は、「うーん」と、うなった。

「でもね、牛乳ほど手軽にカルシウムをとれる食品もそうそうないのよ」

「先生、牛乳以外にもカルシウムが多い食品、この前、書きだしていたじゃありませんか」

「委員長は、和食のときは、牛乳のかわりに、カルシウムの多いおかずをつけろと言いたいわけね」

「はい。そうすれば、飲み物も、お茶にかえられます。お茶のほうが和食にあうのは子どもでもわかります」

「では、メニューが和食のときは、ヒジキの煮物《にもの》をかならずつけるようにしましょうか」

プリンくんがさけんだ。

「ヒジキ、いやだー」

「では、骨《ほね》ごと食べられる小魚」

「それなら、いいかも」

カバさんが口をはさんだ。

「よくもまあ、ぬけぬけと。わたしのところには、残菜《ざんさい》が全部あつまってくるんだよ。小魚を給食でだしたらどうなるか、わたしが気づいてないとでも思っているのかい。小魚は子どもにのこされやすい。これは常識《じょうしき》だよ」

プリンくんが、あせって言った。

「先生、だったら、ほかの食品にしてください。それなら、いいのがあるかも」

　先生は言った。

「では、納豆《なっとう》」

　だれかの声が聞こえた。

「げえー」

「切り干し大根」

「それも、いや」

「では、高野豆腐《こうやどうふ》」

「うーん」

　なんでカルシウムの多い食品って、こう、子どもにすかれないものばかりなんだろう？

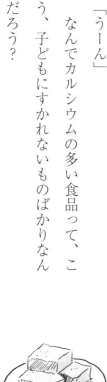

テンちゃんが言った。

「じゃあ、牛乳《ぎゅうにゅう》のかわりにヨーグルトをつけるというのは、どう?」

上尾《あげお》がつっこんだ。

「おまえは、ごはんとヨーグルトならいっしょに食べられるって言いたいのか!」

「もう。今のは、ボケですよう」

わたしは、あせって言った。

「それじゃあ、牛乳を使ったおかずを考えればいい。グラタン。そう。グラタンにすればいいのよ」

「それは和食じゃないだろう」

みんなにわらわれた。

先生は言った。

「ね。いろいろ、むずかしいでしょう。それにね、給食から牛乳がはずせない理由は、もうひとつあるの。それは、法律《ほうりつ》です」

「また法律《ほうりつ》ぅ！」

「ええ。今回は、学校給食法施行規則《しこうきそく》に書かれてある条文《じょうぶん》が問題になります。そこには、こう書かれています。

『完全給食とは、給食内容《ないよう》がパン又《また》は米飯、ミルク及《およ》びおかずである給食をいう』

つまり、ミルクがない給食は完全ではないということ」

上尾《あげお》がつっこんだ。

「ええー。それじゃあ、ダメじゃん。だったら、なんで、さっきまで、牛乳《ぎゅうにゅう》にかわるメニューをぼくたちに考えさせようとしたんですか？」

「実は、給食に牛乳をださない地域《ちいき》もあるからです。一番有名なのが、新潟県《にいがたけん》の三条市《さんじょうし》。ただ、まだ実験段階《だんかい》で、いろいろ問題もあるみたい」

「じゃあ、牛乳ぬきの給食は、だしてもいいってこと？」

「そこが微妙《びみょう》なのよ。なんたって法律だから。さっきの条文は、ふつうに読めば、牛乳がついてなければ給食じゃないって解釈《かいしゃく》したくなるでしょう？」

「でも、牛乳をやめたところもあるんですよね」

「たぶん、法律は完全給食とはどういうものかを言っているだけで、牛乳をかならずつけろと言っているわけではないと解釈したからだと思うの。でもねえ、その解釈って、苦しくない？　だから、ほとんどの地域では、やっぱり牛乳は毎日だしておこうになっていると思うの。ただ、牛乳なしの給食でいけるとなっても、カルシウムの問題はさけられません。だから、みんなには、牛乳をはずしたらどうなるかも、真剣《しんけん》に考えてもらいました」

12　アイデアはとつぜんに

手ごわい。とにかく給食は手ごわい。

わたしたちは、ランドセルを背中《せなか》にしょい、みんなでかたまって学校のろうかを歩きながら、あれこれ感想を言った。

ほんわかさんは言った。

「なんか、給食とむきあえばむきあうほど、自分と戦っている気分になるね」

「どういうこと？」

「もし、わたしたちが給食委員ではなく、ふつうの生徒として、小魚がいっぱいの給食をだされたら、どうすると思う？　きっと、むじゃきにさわいで、担任《たんにん》の先生や藤代《ふじしろ》先生に文句《もんく》を言いにいくでしょう。食べのこし問題にむきあうという

ことは、そういう、自分の中にあるむじゃきさと戦うことでもあるんじゃないかなあ」

すると、委員会のときは、ずっとだまっていた検索《けんさく》くんが、スマホをかかげた。

「これ」

「なに？」

「みんな、これ」

「だから、なに？」

プリンくんがスマホの記事を口にだして読んだ。

「『みなさんは、骨粗《こつそ》しょう症《しょう》という病気をごぞんじでしょうか？　これは、骨《ほね》がスカスカになり折《お》れやすくなる病気です。実は、この病気は乳製品《にゅうせいひん》を多くとる欧米人《おうべいじん》に多いのです。だから牛乳《ぎゅうにゅう》が体にいいというのはまちがいで、むしろ牛乳こそが体に悪いものだということがわかります』……て、なんだ、こりゃ。これが事実なら、牛乳なんか、この世からなくしてしまえばいいんだ」

検索くんが、となりで、うんうんうなずいた。

すると、スマホをミントさんがひったくった。

ミントさんは、なれた指使いで画面をひとつ前にもどし、「牛乳《ぎゅうにゅう》、カルシウム」という検索《けんさく》ワードででてきた記事一覧《いちらん》を表示《ひょうじ》させた。

「あなたは、牛乳が、あなたのすきなプリンにも使われていることを知ってて、そんなことを言っているんでしょうね？」

ミントさんは、検索くんが選んだのとはちがう記事を表示させ、それを口にだして読んだ。

「『……以上のことから、牛乳が骨粗《こっそ》しょう症《しょう》の原因《げんいん》であるという主張《しゅちょう》は科学的データに基《もと》づかないものだということがわかります』。ほらあ。すぐに、こんなのがでてきた。しかも、こっちのほうは、医学系《けい》のホームページよ。ネットで検索するのはかまわないけど、あやしい記事をうのみにするのは、やめてよね」

ミントさんは、スマホを検索くんに返した。

検索くんは、もうしわけなさそうに、へこへこした。

（へえ。ネットって、そういうこわさがあるんだ）

上尾《あげお》が声をあげた。

「あー、もう、やってられない。みんな、バカばっかり」

わたしは、カチンときた。

「なによ。バカなのは、あんたでしょ。いつも、ひっかきまわすくせに」

「ぼく、さっきの委員会でしゃべりすぎて、のどがかわいた。ちょっとタイム」

わたしたちは、もう校舎《こうしゃ》の一階までおりてきていた。上尾は、そこから水飲み場まで走った。わたしたちも、つきあいで、そこまで歩いていった。

上尾は、蛇口《じゃぐち》を上むきにまわすと、わたしたちに一瞬《いっしゅん》にやりとしてみせ、それをカプリと口にくわえた。

「あんた、なにしてんのよ！」

そうしてV《ブィ》サインを見せながら、栓《せん》をひねり、水を飲みだした。

「きたないぃ！」

テンちゃんが、つめたく言った。

「どうせウケねらいでしょ。あー、つまんない」

すると、検索《けんさく》くんがスマホをかまえ、上尾《あげお》の写真をとりだした。

「だからあ、そんなことするから、つけあがるんだってば」

上尾は、ポンポンおなかをたたきながら、もどってきた。

「ぐえー。飲みすぎたあ」

わたしは、あきれるしかなかった。

「あんた、いつも、あんなことしてるの？」

「さあね」

「不潔《ふけつ》。わたし、もう二度と休み時間に水なんて飲めない」

「どうぞご勝手に」

すると、とつぜん、アイデアが天からおりてきた。わたしは、声をあげた。

「そうか！　そうなんだ。こうすれば、すべての問題は解決《かいけつ》する！」

「なになに？　いきなり、どうしたの？」

「わたし、今、すごいことをひらめいちゃった」

わたしは、思いついたことを話した。みんなは、それを聞くと、目をかがやか

せた。

「そうか。そうだよ。それなら、牛乳《ぎゅうにゅう》ごはんの問題は解決《かいけつ》する」

わたしは、得意になった。

「でしょ、でしょ」

こうなったら、すぐに動くまでだ。

「ねえ、みんな。悪いけど、このまま帰るのはやめにして、すぐに先生に話をしにいかない？　今なら、間にあう」

「ええー」

「わたしは、いくよ」

わたしは、早足で歩きだした。すると、みんなもあとをついてきた。上尾《あげお》だけがぶつくさ文句《もんく》を言っているみたいだけど、わたしは聞こえないふりをした。

バンビ先生は、もう教室にいなかった。それじゃあと、職員室《しょくいんしつ》をのぞいても、すがたはなかった。

校内には、音楽とともに下校時間を知らせる放送が流れだした。

「もう帰る時間になりました。みんな、おうちに帰りましょう」

わたしは、それでも先生をさがして、給食室にむかった。すると、だれかに声をかけられた。

「みんな、そこでなにをしているんですか？　早くおうちに帰りなさい」

校長先生！

校長先生って、授業中《じゅぎょう》にあちこち歩きまわっているのは知ってたけど、こんな時間にも見まわりをしているのね。

わたしは、校長先生に言った。

「すみません。わたしたち、藤代《ふじしろ》先生をさがしているんです」

「藤代先生なら、すぐそこのろうかを歩いていましたよ」

「ありがとうございます」

何人かの給食委員は、校長先生のことばを受けて、いちはやくバンビ先生をさがしにいった。わたしも、あとを追おうとした。が、足を一歩ふみだしたところで、気が変わった。

「あ、そうだ。校長先生。実は、わたし、給食について、提案《ていあん》があるんです」

「え？　いきなり、なんですか？　その前に、このグループは、なんのグループ？」

「わたしたち、給食委員です。そして、わたしは給食委員長です。さっきまで委員会をひらいて、どうやったら給食の食べのこしをへらせるか話しあっていたんです。そこで、画期的な方法を思いつきました。よかったら、今から聞いていただけますか？　このアイデアは学校全体にかかわることですから」

「ほほう。なにかなあ」

そこに、みんなが藤代《ふじしろ》先生をひっぱってきた。

「委員長。藤代先生、いたよ」

ごていねいに、みんなはカバさんもいっしょにつれてきた。

わたしは、校長先生に言った。

「だったら、校長先生。藤代先生と大橋《おおはし》さんもまじえて、わたしの話、聞いてくださいますか？」

「もう下校時間なんですけどねえ」

「お願いします」

わたしは、校長先生の目を真っすぐに見つめた。

校長先生は、一瞬《いっしゅん》たじろいだ。が、すぐに、にこっとしてくれた。

「わかりました。そこまで言うなら、いいでしょう。立ち話もなんです。みんなで、校長室にいらっしゃい」

「ありがとうございます！」

13　おなじ失敗？

わたしは、胸《むね》をはって、校長先生のあとをついていった。みんなも、ぞろぞろついてきた。

バンビ先生が、ひそひそ声でたずねてきた。

「わたし、なんのため、校長室にいくことになったんですか？」

「はい。みんなで、牛乳《ぎゅうにゅう》問題を解決《かいけつ》するためです」

「それは、さっきの委員会で、先送りになったでしょう？」

「でも、わたし、水飲み場で画期的な方法を思いついたんです。それを校長先生に提案《ていあん》したくて」

「それって、どんな方法？　たしか、香坂《こうさか》くんに給食のメニューを考えてもらっ

たときも、こんな感じだったんじゃない？　あのときも、委員長は『これならいける』と思ったんでしょう？」

思いだした。あのときも、わたしは、シェフくんのメニューが画期的なものに思えたんだったっけ。

でも、実際《じっさい》はトンチンカン。先に先生と相談していれば、あんな遠まわりはしないですんだのに……。

（あっ！　やっぱり、わたしのアイデアは、先にバンビ先生の耳にいれておくべきだ）

気づいたときにはおそかった。先生は、もうわたしからはなれ、校長先生に頭をさげにいっていた。

「すみません、校長先生。なんか子どもたちがふりまわしているみたいで」

「いえ、いいですよ。子どもたちが自主的にものを考える、それってすばらしいことではありませんか。あんなにかがやいた目、ひさしぶりに見ました」

「でも、もしかしたら、変なことを言いだすかもしれません。もしそうなったら、わたし、ストップをかけますから」

いよいよ校長室が見えてきた。

「さあ、おはいりなさい」

校長先生は、わたしたちを校長室にまねきいれてくれた。全員がソファーにすわることはできなかった。そのため、ソファーには、わたしとバンビ先生とカバさんだけがすわり、ほかの子たちにはうしろに立ってもらうことになった。

そのころには、わたしは、すっかり自信をなくしていた。

(もしかして、わたし、おなじ失敗をしようとしている?)

しかも今回は、校長先生までまきこんでおおごとにしてしまった。これで、また知らない法律《ほうりつ》をもちだされ、そんなことはできないと言われたら、どうしよう?

校長先生が、ほほえみながら、言った。

「では、給食の食べのこしをへらす画期的な方法、教えていただけますか?」

「あの……」

さっきまでのいきおいはどこへやら、わたしは、言いよどんだ。

おなじ失敗をくりかえしたら、今度こそ、わたしは信用をなくしてしまうだろう。それになにより、わたしは、また大恥《おおはじ》をかくんだ。

校長先生が首をひねった。

「どうしました?」

(ああ、でも、今さら、にげることなんてできないよ)

わたしは、かくごを決めて言った。

「わたしが思いついた画期的な方法とは、牛乳《ぎゅうにゅう》をだす時間をずらすことです」

「ほほう」

「牛乳がのこされる理由はかんたんなんです。それは、給食には、あきらかに牛乳があわないメニューがあるからです。特に和食。でも、だからといって牛乳をやめてしまえば、カルシウムが足りなくなる問題が生じることも藤代《ふじしろ》先生から学びました。そこで考えたんです。だったら、休み時間に牛乳を飲むようにしたらどうかと」

「休み時間ですか……」

「二時間目と三時間目のあいだの休み時間。ここは、二〇分もありますよね。この時間は、水飲み場も人でいっぱいになります。それなら、水じゃなく牛乳《ぎゅうにゅう》を飲むようにしたらどうでしょう？　これで、すべての問題が解決《かいけつ》します」

「ううーむ」

校長先生は、腕《うで》を組んだ。

わたしは、つづけた。

「牛乳を飲めば、栄養基準《きじゅん》は満たされます。法律《ほうりつ》も守れます。お昼はお茶をだすようにすれば、和食もふつうに食べられます」

わたしは、いい返事を期待して、校長先生の顔を見た。校長先生は、うなるばかりだった。

声をあげたのは、カバさんだった。

「ゆうちゃん、それ、いい。ぜったい、それなら、いける。いやあ、よく考えついたもんだ。ね、藤代《ふじしろ》先生」

バンビ先生もバンビ先生でうなっていた。

「たしかに、法律には、牛乳はお昼にしかだせないとは書いていません。けど、あまりに単純《たんじゅん》な方法すぎて……」

わたしはたずねた。

「単純の、どこがいけないんですか？」

校長先生が言った。

「そこまで単純なら、すでにだれかが考えついていてもよさそうってことだよ。そんなに画期的なら、すでにどこかで試されていて、広く知られていなければおかしい」

わたしは、強く言った
「それって、知らないだけじゃないんですか？」

校長先生はバンビ先生に話をふった。

「どうなんですか？　前例はあるんですか？」

先生は、首をひねった。

「さあ？　どうでしょうか……」

すると、声があがった。

「前例なら、ありまーす！」

ふりむくと、検索《けんさく》くんがスマホをかかげていた。

校長先生が、とがめた。

「きみ、学校にスマホをもってきては……」

「注意なら、あとで聞きまーす。それより、今はこれを見てください。水飲み場でアイデアを聞いたときから気になってた。それで、『牛乳《ぎゅうにゅう》　給食　やめる』で検索してたんだけど、でてくるのは、三条市《さんじょうし》が牛乳をやめた記事ばかり。おかげで、なかなか、ほかの例にいきつかなかった」

「どうやったの？」

「検索ワードを、『牛乳　時間　ずらす　小学校』にした。そうしたら、でてきた。今度はあやしい記事じゃないよ。なんと、三重県熊野市《みえけんくまのし》の小学校では、

牛乳 時間ずらす小学校

二十五年前から休み時間に牛乳をだしているんだって」

　バンビ先生がつぶやいた。

「そんなの聞いたことがない……」

　ミントさんが言った。

「地味な取り組みは、テレビにでもとりあげられないかぎり、耳にはいらないということではありませんか？」

　カバさんがバンビ先生にたずねた。

「で、先生は、どう思ってるんだい、ゆうちゃんの提案《ていあん》を。いいと思っているのかい。悪いと思っているのかい」

　バンビ先生は、はっきり言った。

「わたしは、いいと思います」

「だったら、後押《あとお》ししてやりなよ、先生。ここが、ふんばりどきだ」

「はい」

　しかし、校長先生はまだうたがっているようだった。

「いやあ、それでも広く知られていないのは、なにか問題があるからだと思いますよ。せめて、そのやりかたなら、まちがいなく食べのこしがへるというデータでもあれば話は変わってくるのですが……」

バンビ先生は、おもむろにポケットからスマホをとりだした。

「もしかしたら、そのデータも、ネットの中にあるかもしれません」

「え？」

「校長先生は、先ほどおっしゃいました。『そこまで単純《たんじゅん》なら、すでにだれかが考えついていてもよさそう』って。わたしもそう思いました。だったら、ほんとうに、すでにだれかが考えつき、試した可能性《かのうせい》がおおいにあります。もしかしたら、その結果もネットの中にあるかもしれません」

「ネットにたよるというのは、どうでしょうかね」

「もちろん、いいかげんな記事にひっかかってはいけませんが……」

と、言いながら、バンビ先生は、スマホを操作《そうさ》しつづけた。そして、

「あった！」

おおきな声をあげた。
先生は、それを校長先生に見せた。わたしも、のぞき見た。

小学校における中休み牛乳《ぎゅうにゅう》提供《ていきょう》の実践《じっせん》とその効果《こうか》（※注3）

それは、論文《ろんぶん》だった。
「長そうな論文なので、冒頭《ぼうとう》だけ読みますね」

そこで、午前の中休みに牛乳を提供した際《さい》の児童の意識《いしき》や中休み後の児童の様子、給食時の残さい量を調査《ちょうさ》した結果、以下のような中休みに児童に牛乳を提供する意義《いぎ》や課題が見いだされた。

※注3　石井雅幸・矢野博之・鈴木映子「小学校における中休み牛乳提供の実践とその効果」大妻女子大学家政系研究紀要――第47号（2011.3）

（1）米飯給食時の中休みの牛乳提供、昼食の給食時のお茶提供を児童はよいものと考えている。
（2）中休み後に牛乳を飲んだ児童は、普段《ふだん》に比《くら》べて落ち着いて授業《じゅぎょう》を受けていると教師《きょうし》は感じている。
（3）給食の残さい量は、中休み牛乳提供を行った時は普段に比べて少なくなる傾向《けいこう》がある。

「どういうふうに実験調査したかは、このあとにくわしく書かれてあるようです。とりあえず論文の冒頭を読むかぎり、給食委員長の提案《ていあん》は、有効《ゆうこう》そうです。校長先生も、そう思いませんか？」

「ううーむ。でも、運動場で遊んだ直後に牛乳を飲むのは、不衛生《ふえいせい》ではありませんか？」

わたしは、はっとして、声をあげた。

「そんなことはありません。わたしたちは、遊んだ直後に水飲み場で水を飲みます。それとくらべたら、牛乳ははるかに衛生的です」

「どうしてですか?」

「宇津木《うつぎ》くん、スマホ」

わたしは、検索《けんさく》くんに操作《そうさ》してもらい、あの写真を呼《よ》びだしてもらった。

画面には蛇口《じゃぐち》をくわえている上尾《あげお》のバカ面が大きくうつしだされた。それに気づき、上尾は、シェフくんのうしろに、こそこそかくれた。

わたしは、スマホを校長先生につきつけた。

「見てください。こちらのほうが、よほど不衛生《ふえいせい》です。給食はものすごく衛生に気をつかってつくられています。なのに、生徒は休み時間、こんな不衛生なことをしているんですよ」

「ううーむ。これは問題だ」

バンビ先生がたたみかけた。

「中休みに牛乳《ぎゅうにゅう》を飲むという方法は、たしかに全国的なものではありません。それでも、試してみる価値《かち》はあるのではありませんか？　校長先生。せっかく、生徒が自分の頭で考えてくれたんです。ぜひ、前むきに検討《けんとう》してください」

校長先生は、腕《うで》を組んだまま、うなりつづけた。

「ううーむ。ううーむ」

そして、ついに、こう言った。

「わかりました。では、とりあえず、教育委員会に、こういうことをやっていいのかどうか、おうかがいを立てることからはじめましょう。前例がすくないので、もしかしたら教育委員会はしぶるかもしれません。説得するには、それなりの材料も必要でしょう。そのための資料《しりょう》づくりは、藤代《ふじしろ》先生、あなたにお願いできますね？」

「もちろんです！」

わたしたちはいっせいに声をあげた。

「やったー！」

14 バン！

わたしたちは、その日、バンビ先生、カバさんもいれて、みんなで帰ることになった。

わたしは、先生に言った。

「先生、よかったですね。これで、牛乳《ぎゅうにゅう》問題は解決《かいけつ》します。この調子で、ほかのメニューも見直していけば、いずれ全体の食べのこしもへっていくんじゃありませんか？」

「そうなればいいですね」

と言いつつも、先生はうかない顔をしていた。

カバさんも、それに気づいた。

「なんだい。元気ないね。せっかく、第一歩をふみだせたというのに」

先生は、つぶやくように言った。

「ほんとうに、これでよかったんでしょうか?」

「なにが?」

「だって、わたしは、小学生にたすけてもらわなきゃなにもできない栄養士なんですよ。これって、どうなのかなと思って」

「べつにいいじゃないか、それでも」

「わたし、栄養士になったばかりのころは、もっと自分はできる人間だと思っていました。でも、現実《げんじつ》はあまりに情《なさ》けないことばかりで……」

「それって、食べのこしが多いことを言っているのかい?」

「それもあります」

「それなら、それは、わたしのなやみでもある。わたしだって、この仕事をはじめたころは、わたしの料理で子どもたちみんなを笑顔にしてあげられると思っていたんだからね。でも、待っていたのは、大量の残菜《ざんさい》がもどってくる毎日。一年生なんて、にこにこしながら、『きょうの給食はまずかったー』なんて、平気で言ってくるんだよ。わたしが、それをどういう思いで聞いているか、先生ならわかるだろう？」

「はい」

「それでも、わたしは、この仕事をやめないし、やめる気もないよ。それは、やっぱり、子どもを笑顔にしたいという夢《ゆめ》を捨《す》てきれないからさ。だから、時にはイライラするし、先生を泣かせたりもする。けど、そういうものじゃないのかい？　おとなって、みんな、そうやって、じたばた生きているんじゃないのかい？」

「そういうのは、わたしだけじゃないってことですね」

「一年生なんてね、ボールも満足にけられないのに、自分は将来《しょうらい》プロのサッカー選手になれると信じてるんだよ。でもさ、そういう夢は、いずれ打ちくだかれる日がくる。いずれ、自分はたいした人間でないことを思い知らされる日がくるのさ。そのときこそ、人は試される。それでも、夢をもちつづけられるか、試されるんだ。先生は、今、その地点に立っているだけじゃないのかい？」

「はあ」

「それでも、栄養士、やめられないだろ？」

「はい」

「それは、それだけ高い志《こころざし》があるからだ。だったら、そんな高い志をもっている自分を、もっとほめてやりなよ。それが出発点じゃないか」

「はあ」

「あー、もどかしいねえ。シャキッとしなよ、先生」

カバさんは、そういうと、いきなり、あの大きな手でバンビ先生の背中《せなか》をどやしつけた。

げふ。

先生は、変な声を口からだし、前につんのめった。そうして、身をよじった。

「いたぁー」

「先生は、よくやってる。それは、わたしが保証《ほしょう》する。バースデー給食だって、先生がいなかったら実現《じつげん》しなかっただろ？」

「はい。そうですね。はい」

「どうだい？　ちょっとは、シャキッとしたかい？」

「はい。今のは、ききました。いたぁー。ほんとうに、ありがとうございました」

先生は、はにかむように、わらった。

（いいなあ）

わたしは、カバさんにせっつかずにいられなくなった。

「ねえねえ、おばさん。わたしにも、それ、やって」

「え？　なにをだい？」

「だから、背中《せなか》をバンって」

「なんで？」

「だって、わたしも、先生みたいにくじけそうになること、よくあるもん」

「ええー。ゆうちゃんは、十年早いよ」

「早くない。そこをなんとか。お願い」

「しょうがないねえ」

カバさんは、ちょっとためらうと、ふんぎりをつけた。

「じゃあ、ランドセルの上からいくよ。さあ、歯をくいしばって」

バン！

わたしは、体を前におしだされた。

それにあわせて足を動かすと、一瞬《いっしゅん》だけ猛《もう》ダッシュをかけた気分になった。

「あははは。たのしー」

そばで見ていたテンちゃんもうらやましくなったらしい。

「いいなあ、ゆうちゃんばっかり。わたしも、やってほしい」

すると、ほかの子たちもせがみだした。

「あ、それ、わたしにもやってください」

「おれも」

「ぼくも」

ほんわかさんに、シェフくんに、プリンくん、上尾《あげお》まで。

テンちゃんがおこった。

「ちょっとぉ。わたしが先よ。割《わ》りこまないでぇ」

ミントさんは、距離《きょり》をとって見ていた。検索《けんさく》くんは、足をふみだそうかだすまいかで、まよっていた。

テンちゃんは、カバさんにむかって、ランドセルをむけた。カバさんは、それにむかって、おおきな手をふりおろした。

バン！

「あはははは」

テンちゃんも気もちよさそうにわらいながら走った。

カバさんは、こまったような顔をバンビ先生にむけた。

「いったい、なんなんだい、これ？」

「さあ？」

と言いながら、先生もわらっていた。

15 がんばれ給食委員長

教育委員会からはすぐに返事がきた。

それによると、休み時間に牛乳《ぎゅうにゅう》をだすことに問題はないそうだ。

校長先生は、それを受けて職員《しょくいん》会議をひらき、ほかの先生たちにも意見をもとめた。

バンビ先生は、そのときのようすを給食委員会で話してくれた。

「職員室《しょくいんしつ》の中でも意見がわかれてね、『すばらしいアイデア』という先生もいれば、『食べのこしは、そんな小細工ではなく指導《しどう》によってへらすべき』という先生もいました。最終的に、いきなり全校でやるのは急ぎすぎではないかという意見が多くなりました。先生たちは、もしなにか問題がおきたら取り返しがつかなくなることをおそれたんですね」

わたしたちは、それを聞いて、がっかりした。

「それじゃあ、わたしたちのアイデアはボツってこと？」

「そこで、五年一組の先生が手をあげてくれたんです」

（それって、山本《やまもと》先生じゃない）

「先生は、おっしゃってくれました。

『では、実験として、うちのクラスだけ、休み時間に牛乳を飲むようにしたらどうでしょう。それで、ほんとうに食べのこしがへるのか、なにか問題はないのかを見極められると思います。それで、うまくいくようなら、全校に取り組みを広げたらどうでしょうか』って。

先生は、たぶん委員長が自分のクラスの子だから、そう提案《ていあん》してくれたのでしょうね」

わたしは、うれしくなった。

「ということで、これが職員会議の結論《けつろん》です。あとは実行あるのみ。委員長、それでいいですね」

わたしは、声をはずませた。

「はい！」

これで一歩はふみだせた。

あとは、成功させるまで。というより、論文《ろんぶん》にもあったくらいだから、ぜったい、うまくいく。わたしは、そう信じてうたがわなかった。

五年一組では、ホームルームの時間に、わたしからみんなに説明することとなった。

わたしは、教壇《きょうだん》からクラスメイトみんなにうったえかけた。

「ということで、わたしたち給食委員の提案《ていあん》で、このクラスでだけ実験的に休み時間に牛乳《ぎゅうにゅう》を飲むこととなりました。みんな、協力してくれますね？」

わたしは、ここまで、なぜ給食から牛乳がはずせないのか、なぜ牛乳の飲みのこしが多いのか、全部話していた。

すると、声が聞こえてきた。

「でもさあ、休み時間の牛乳は、だれがとりにいくの？」

（え？）

わたしは、予想していなかった質問《しつもん》にたじろいだ。

「たぶん、それは、その日の給食当番になると思うけど……」

「だったら、給食当番は、一日に何回も給食をはこばなきゃならなくなるわけ？」

すると、ほかからも声があがった。

「だったら、給食当番は遊ぶ時間もへるってことじゃないか。それって、どうなの？」

「遊び時間がへるのは、当番だけじゃないぞ。みんなもだぞ。だって、牛乳は休み時間のうちに飲まなきゃいけないってことだろ？」

「なんで、給食ごときのために、遊ぶ時間をへらされなきゃならないんだよ」

「それって、ありがためいわくだ」

（なんで、こうなるのよ……）

教室は、一気にさわがしくなり、みんな、てんで勝手に不満を口にしはじめた。ショックだった。だって、わたしは、ほめてもらえると思っていたんだもの。「よく、そんなすばらしいアイデアを思いついたもんだ」って。

山本《やまもと》先生が、とめにはいった。

「はいはい。みんな、静かに」

でも、なかなかさわぎは、おさまらなかった。

わたしは、みんなを見まわしながら思った。

(そうだよね。みんな、牛乳《ぎゅうにゅう》より遊びのほうが大事だものね)

ふしぎに腹《はら》は立たなかった。おそらく、わたしも、そちら側にいれば、いっしょになってさわいでいただろうから。

わたしは、めげそうになった。

すると、上尾《あげお》が声をあげた。

「おまえら、すき勝手なこと言っててんじゃねえよ。おまえらが平気で給食を食べのこすから、こんなことになったんだろ。それに、このために給食委員長がどれだけがんばってきたか、おまえら、知ってて言ってんのか」

(へえ。あの上尾が、わたしの肩《かた》をもってくれてる)

わたしは、おどろくとともに、うれしくなった。

上尾は、ふだんから人望がないので、すぐに言い返された。

「うっせえ。上尾ごときが、おれたちに意見するな」

「なんだと!」

わたしは、上尾に声をかけた。

「上尾くん、もういい。もういいから。……ありがとう」

「ちぇっ」

上尾は、それでおとなしくなった。

そうだ。上尾でも、そう思ってくれているんだ。だったら、わたしも原点にもどらなきゃ。

たしかに、みんなの不満はわからないでもなかった。でも、それ以上に、わたしには、給食の食べのこしをなんとかするほうが大事に思えた。

これこそがわたしの出発点。それは、ぜったい、ゆずれなかった。
正直めげるけど、それでも、バンビ先生やカバさん、すべてのおとなのように、
わたしも、じたばたするしかないんだ。
だから、だから……。
(がんばれ、わたし)
バン!
(がんばれ、給食委員長)
見えないおばさんにも背中《せなか》をどやしつけられた。
わたしは、みんなに立ちむかった。

■作家　**中松まるは**（なかまつ まるは）

1963年、大阪府生まれ。主な作品に、『ロボット魔法部はじめます』『ひらめきちゃん』（ともにあかね書房）、『お手本ロボット51号』（第14回福島正実記念SF童話大賞受賞作／岩崎書店）、『すすめ！　ロボットボーイ』（講談社）『学校クエスト ぼくたちの罪』『ワカンネークエスト わたしたちのストーリー』（ともに童心社）などがある。

■画家　**石山さやか**（いしやま さやか）

1981年、埼玉県生まれ。創形美術学校ビジュアルデザイン科イラストレーション専攻卒。イラストレーション青山塾ドローイング科第14期修了。マンガに『サザンウィンドウ・サザンドア』（祥伝社）がある。装画、挿絵を担当した児童書に『逆転！ドッジボール』（三輪裕子 作／あかね書房）がある。東京都在住。

装丁　白水あかね
協力　金田　妙

スプラッシュ・ストーリーズ・34

がんばれ給食委員長

2018年11月　初　版
2021年12月　第４刷

作　者　中松まるは
画　家　石山さやか
発行者　岡本光晴
発行所　株式会社あかね書房
　　　　〒101-0065　東京都千代田区西神田 3-2-1
電　話　営業(03)3263-0641　編集(03)3263-0644
印刷所　錦明印刷株式会社
製本所　株式会社難波製本

NDC 913　189ページ　21 cm

ISBN978-4-251-04434-1
落丁・乱丁本はお取りかえいたします。定価はカバーに表示してあります。
https://www.akaneshobo.co.jp

中松まるはの本

ロボット魔法部《まほうぶ》はじめます

〈わたなべさちよ・絵〉

ゲームが大好《す》きな陽太郎《ようたろう》が、男まさりの美空《みそら》、天然少女のさくらと、ロボットとのダンスに挑戦《ちょうせん》。魔法《まほう》のような演技《えんぎ》を目指して努力する熱いストーリー。

ひらめきちゃん

〈本田 亮・絵〉

転校生のあかりは、どんなこともひらめきで乗り越《こ》える元気な女の子。そんな彼女《かのじょ》と親友になった葉月《はづき》は……。正反対なタイプのふたりの成長物語。

がんばれ給食委員長

〈石山さやか・絵〉

給食委員長のゆうなは、学校全体の給食の食べのこしが、栄養士の先生をなやませていることを知る。その問題解《かい》決《けつ》に給食委員が立ちあがるが……。